Irma Krauß

Meerhexe

oder: Ein Unsichtbarer im Haus

Irma Krauß

Meerhexe
oder: Ein Unsichtbarer im Haus

Roman

BELTZ
& Gelberg

Irma Krauß, geboren 1949 im schwäbischen Untertürheim, studierte in Augsburg Pädagogik und arbeitete sieben Jahre lang an einer Schule. 1989 veröffentlichte sie ihre erste Erzählung für Erwachsene. Seither widmet sie sich ganz dem Schreiben und hat bisher zahlreiche Kinder- und Jugendbücher veröffentlicht. Heute lebt Irma Krauß mit ihrer Familie in Buttenwiesen in der Nähe von Augsburg.
Im Programm Beltz & Gelberg veröffentlichte sie bereits *Arabella oder Die Bienenkönigin*, wofür sie mit dem Peter-Härtling-Preis ausgezeichnet wurde.

Lektorat Susanne Härtel
Umschlaggestaltung Max Bartholl
Neue Rechtschreibung
Gesamtherstellung
Druckhaus Beltz, 69494 Hemsbach
Printed in Germany
ISBN 3 407 80878 X
1 2 3 4 5 05 04 03 02 01

Inhalt

Ein ziemlich langer, frustrierender Tag (mit gutem Ende)

Das Schicksal hat es gut mit mir gemeint, in jeder Beziehung. Sagt meine Oma. Von tollen Eltern angefangen bis hin zu meiner robusten Gesundheit. Nicht zu vergessen mein Verstand. Davon hätte ich garantiert mehr, als sonst in einem dreizehnjährigen Kopf steckt. Mehr, als in einem ganzen S-Bahn-Abteil voller Mädels, mittags um eins, wenn die Schule aus ist. Was für hohle Dinger! Bauchnabel zur Schau gestellt, Tattoos überall und ein Kichern und Gackern ...

Ich finde, Oma sollte dann eben mittags um eins die S-Bahn nicht benützen. Oder nur im Winter, wenn man keine Bauchnabel sieht. Und was meinen Verstand betrifft, da ist sie voreingenommen, wie man es von seiner Oma vermutlich erwarten darf. In Wirklichkeit ist der nämlich neuerdings eher lausig. Im Vergleich zu ihm sind meine Gefühle viel, viel besser entwickelt (ich sage nur Ulrich Falkenhauser, weiter nichts).

Wer meinen Verstand und meine Gesundheit lobt, tut das, weil er sonst nichts zu loben findet. Nicht mal meine Oma, die mich liebt und die deswegen auf beiden Augen blind ist, würde es wagen, meinen ach so gesunden Körper *hübsch* zu nennen. Wenn ich in einem Badeanzug stecke, sehe ich nämlich aus wie Omas Lieblingspuppe Vera ohne Kleider. Die sitzt bei ihr auf der Couch und hat unter dem Kleid einen Rumpf aus Leinen, so einen gestopften Balg, rund und völlig ohne Taille.

Und jetzt soll noch mal einer behaupten, das Schicksal hätte es gut mit mir gemeint.

*

Mein roter Badeanzug zwickt. Der grüne auch. Ich habe es geahnt. Und morgen gehen wir zum ersten Mal in diesem Jahr schwimmen! (Wenigstens wird Ulrich Falkenhauser nicht im Schwimmbad sein, als Musiklehrer hat er was anderes zu tun.) Ich stehe vor dem Spiegel und zerre an dem roten Ding. »Bäh!«, sage ich zu der Blutwurst im Spiegel und zeige ihr eine lange, rosarote Zunge. Ich glaube, meine Zunge ist noch das Eleganteste an mir.

»Du wirst abgeschafft«, erkläre ich dem Spiegel, der nichts dafür kann. Mich packt trotzdem die Wut auf ihn. Ich bücke mich nach dem grünen Badeanzug, knülle ihn in der Hand und schleudere ihn gegen den Spiegel. Der wackelt, aber nicht sehr. Ich gucke mich um. Vielleicht die scheußliche Tasse von meiner besten Freundin Britta?

Auf der Tasse ist ein Walross. Ich habe sie von Britta zum Geburtstag geschenkt bekommen. Warum, das will ich gar nicht so genau wissen. Aber von der Ähnlichkeit mit mir abgesehen, ist das Walross eigentlich süß. Außerdem mag ich nicht hunderttausend Spiegelscherben einsammeln.

Ich greife mir eine Hand voll Schmierblätter aus dem Papierkorb. Die bestreiche ich mit Klebstoff. Klatsch, an den Spiegel damit. Klatsch, noch ein Zettel, klatsch, wie eine Ohrfeige.

Die Wurst in der roten Pelle verschwindet allmählich. Bald ist sie ganz weg. Oben sehe ich noch eine Lücke zwischen zwei

Blättern, genau auf Augenhöhe. Kann bleiben, beschließe ich und schraube den Klebestift zu. So grüne Augen wie ich hat schließlich nicht jede! So blitzgrüne, funkelnde. Was, versuche ich mich zu überzeugen, ist dagegen schon ein hübscher Bauchnabel? Im Winter ist der weg, überhaupt nicht zu sehen. Aber meine Augen, die funkeln auch, wenn es kalt ist.

Ausgiebig begucke ich mir das rechte Auge in der Lücke und danach das linke. Einwandfrei schön, ganz ohne Zweifel, die Wimpern und die Brauen auch. Ich sollte vielleicht Muslimin werden und einen Tschador tragen, dann sieht man nichts mehr von mir als meine grünen Blitzaugen. Wie bei Rahime aus meiner Klasse. Die ist eine strenggläubige Muslimin und ihr schwarzer Tschador lässt nur die Augenschlitze frei.

Als ich mir den roten Badeanzug runterrolle, bemühe ich mich, meinen Bauchnabel nicht zu beachten. Ich weiß sowieso, wie der aussieht. Wie ein Versehen. Eine mickrige, kleine Falte, zusammengequetscht vom Speck.

*

Ich ziehe mich an und gehe zu meiner Mutter hinüber. Sie sitzt am Flügel. Wenn sie zu Hause ist, spielt sie ständig. Ich habe sie schon die ganze Zeit gehört und dabei in Gedanken ihre Finger gesehen, wie sie schlank und schön über die Tasten fliegen.

Meine Mutter ist Konzertpianistin. Trotz ihrer fünfunddreißig Jahre sieht sie umwerfend gut aus. Schmal, zart und vollkommen. Es ist nicht nur eine Freude, ihr zuzuhören, stand mal in der Zeitung, sondern auch, sie anzuschauen. Sie und ein Flügel passen in ihrer Eleganz perfekt zusammen.

Bei mir ist das nicht der Fall. Kann sein, dass ich deswegen mit dem Klavierspielen wieder aufgehört habe – unter anderem.

Ich stehe in der offenen Tür und verstecke meine Wurstfinger unter dem Hemd. Dort ist Platz, es ist ein Hemd von meinem Vater. Oma hat die Manschetten abgeschnitten. Nicht ohne zu jammern: »Muss das wirklich sein? Es gibt so schöne Sachen für Mädchen! Und nur weil du glaubst, dass du zu dick bist ...«

»Dann mach ich's eben selbst«, hab ich gedroht. »Und du bist schuld, Oma, wenn ich ausgefranst rumlaufe. Einen Saum nähen kann ich nicht.« Seitdem habe ich noch zwei weitere Hemden meines Vaters ins Auge gefasst. Die muss ich Oma demnächst bringen.

Meine Mutter spürt, dass jemand da ist. Sie guckt sich während des Spiels um, lächelt ein bisschen und bringt das Stück zu Ende. Danach fährt sie sich mit ihren schlanken Fingern durchs Haar und streckt den Rücken durch.

»Komm, Madeleine«, sagt sie. »Ich hab sowieso eine Pause nötig.« Niemand spricht meinen französischen Namen geschmeidiger aus als sie. Dazu klopft sie neben sich auf die Klavierbank.

Da mag ich aber nicht sitzen, jedenfalls nicht so dicht bei meiner Mutter. Ich nehme ihr irgendwas übel. Ja, genau, ich finde es ungerecht, dass sie mit fünfunddreißig, wo das gar nicht mehr wichtig ist, die Figur hat, die ich haben sollte.

»Wollte nur sagen, dass ich einkaufen gehe«, gebe ich forsch von mir.

»Was brauchst du denn?« Meine Mutter versucht interessiert zu klingen.

»Einen Tschador«, murmle ich.
»Wie?« Sie reißt die Augen auf.
Ich grinse. »Hab mich versprochen. Einen Badeanzug.«
»Das mag ich an dir, deinen Witz«, sagt sie anerkennend.
Lieber würde ich hören, dass ich doch wirklich nichts unter einem Tschador zu verbergen hätte, bei meiner Figur. Meine Mutter verkneift sich aber die Lüge und rät mir zu einem *sportlichen* Teil.
»Du weißt schon«, sagt sie, »wie bei den Profischwimmerinnen. Bist ja auch fast eine.«
Aha. Ein solcher Badeanzug kommt einem Tschador so nahe wie nur möglich. Da reißt das Kompliment auch nichts mehr raus.
»Mal sehen, was ich finde«, sage ich mutlos. Eine normale Mutter würde mir dabei helfen, sie würde sich wirklich dafür interessieren, wie ihre Tochter aussieht.
»Wenn ich nicht die Tournee vor mir hätte …«, meint sie vage.
Sie hat immer eine Tournee vor sich. Eigentlich ist sie eine Rabenmutter.
»Vielleicht kauf ich mir lieber einen Bikini«, sage ich lauernd.
»Oh?« Meine Mutter zieht die Stirn in Falten. Sie muss auf einmal was in ihren Noten suchen und murmelt dabei: »Probier doch einfach alles an. Du wirst schon sehen, was dir steht. Warum nimmst du nicht Britta mit?«
Immerhin macht sie sich Sorgen. Und immerhin kennt sie den Namen meiner besten Freundin. Das ist wahrscheinlich das Höchste, was man von einer Frau verlangen kann, die total auf Klaviertasten abgefahren ist. Erbittert stapfe ich davon.

»Madeleine?«

»Ja?«

»Das Hemd, das du anhast – kenne ich das von irgendwoher?«

»Allerdings«, gebe ich zurück.

»Aber gekauft hab ich es dir nicht?«

»*Mir* nicht.« Damit lasse ich sie ratlos sitzen, wie mir ein letzter Blick zeigt.

Es sollte mich ja eigentlich zufrieden stellen, dass sie über ihren Tasten auch das vergessen hat. Sie hat das Hemd letzten Sommer meinem Vater von ihrer Italien-Tournee mitgebracht. Hinten drauf ist eine kleine Insel mit einer Palme. Darunter steht: *Meet me here.* Jeder Trottel weiß, was *Meet me here* heißt und dass es eine süße, kleine Einladung ist. Und ein Versprechen, mal Zeit für meinen Vater zu haben. Aber meine Mutter hat das Hemd wahrscheinlich nur wegen der leuchtend blauen Farbe gekauft.

Wenn ich es recht bedenke, muss es für meinen Vater eine Wohltat sein, dass ich ihn von dem Hemd befreit habe. Und von einem leeren Versprechen. Außerdem hat er unzählige solcher Dinger; das hier hab ich seit einem Dreivierteljahr nicht mehr an ihm gesehen. Er denkt schon längst nicht mehr dran, genau wie meine Mutter.

»Madeleine? Brauchst du Geld für den Badeanzug?«

»Ich kann's auslegen!«, rufe ich zurück.

»Gut.« Meine Mutter atmet tief ein. Ein paar Sekunden später kommt ein perlender Lauf aus dem Flügel. Er fegt uns weg, mich und den Badeanzug und alles andere auch.

*

So ist das mit meiner Mutter. Sie findet übrigens auch, dass es das Schicksal gut mit mir gemeint hat. Nämlich weil es mir keine überbehütende Mutter gegeben hat. Eine überbehütende Mutter ist eine, die sich ständig um ihr Kind kümmert. Und das soll ziemlich lästig sein. Für das Kind. Meine Mutter war mal ein solches Kind und sie hat das gehasst. Ihre Mutter ist extra nicht arbeiten gegangen, damit sie immer für ihr Kind da sein konnte, beim Klavierüben, beim Lernen und bei allem. Als ihr Kind eine fertige Künstlerin war, hatte meine Oma nichts mehr zu tun und kriegte die Krise. Sie stürzte sich Hals über Kopf in einen Beruf und wurde Antiquitätenhändlerin. Seitdem besucht sie Auktionen und Flohmärkte, und man weiß oft nicht, wo sie ist. Opa führt derweil den Laden und wartet auf die Sachen, die Oma von ihren Einkaufsreisen mitbringt. Vorher war Opa Buchhalter oder so was. Ich sehe die beiden so gut wie nie, was ich bedauere. Sie wohnen in Kiel, das ist leider genau am anderen Ende Deutschlands.

Neben meinen abwesenden Kieler Großeltern habe ich hier zum Glück eine Oma zum Anfassen. Dazu muss ich nur zwei S-Bahnstationen weiter rausfahren.

Das mache ich, nachdem es mir geglückt ist, einen einigermaßen passenden Badeanzug zu ergattern. Schwarz, aber nicht mal so schlecht.

»Ziehst du gar nichts anderes mehr an?«, begrüßt mich Oma an der Tür. Sie zupft an meinem Hemd herum.

»Es stinkt noch nicht«, verteidige ich das Hemd und mich.

»Nur nach Deo.« Sie schnüffelt liebevoll an mir. »Komm rein, Lenchen.«

»Du hast keine Schüler mehr?«, vergewissere ich mich.

Oma dreht sich halb nach mir um. »Den letzten. Wir sind

gleich fertig. Wenn du willst, kannst du die fünf Minuten noch zuhören.«

Bevor mir ein »Nein, danke« rausrutscht, sehe ich die fremden Turnschuhe im Flur. Größe vierzig, schätze ich. Was bedeutet, dass es sich bei dem Schüler nicht um einen kleinen Jungen handelt. Ich folge Oma ins Klavierzimmer.

Beißender Schweißgeruch empfängt uns. Oma merkt es auch. Sie sagt freundlich: »Ich habe Besuch bekommen, Torsten. Meine Enkelin Madeleine. Wenn es dir recht ist, hängen wir die fünf Minuten nächstes Mal dran.«

Torsten hat nichts dagegen. Rasch nimmt er seine Noten und steht auf. Dabei klappt er die Augendeckel runter und ringelt gleichzeitig die Zehen ein. Ist ihm mein Anblick so peinlich?

»Hallo«, hüstle ich und werde rot, weil er wirklich gut aussieht. Der Geruch stammt sicher nicht von ihm, sondern hat sich nur den Nachmittag lang angesammelt.

Oma öffnet die Glastür zu ihrem kleinen Garten. »Madeleine, bringst du Torsten zur Tür?« Sie tritt ins Grüne hinaus und holt tief Atem. Bestimmt reicht es ihr für heute.

Torsten huscht vor mir her in den Flur. Er hat die Zehen jetzt begradigt, aber gesagt hat er nichts. Während er mit seinen Schuhen kämpft, mache ich verlegen Konversation. »Spielst du schon lange Klavier?«

Er schaut nicht auf. »Vier Jahre«, murmelt er. Der Duft ist im Zimmer geblieben, Torsten war es wirklich nicht.

»Macht's dir Spaß?«, will ich wissen. Dabei beäuge ich mit Herzklopfen seinen Nacken, wo sich die Haare ein wenig und ganz bezaubernd kräuseln.

»Hmm … ja, manchmal.« Er ist jetzt fertig. Wenn er richtig

aufschauen würde, könnte er das Einzige sehen, was an mir schön ist, meine grünen Augen. So aber bemerkt er höchstens meine dicken Oberschenkel.

Ich hätte statt der hässlichen Jeans lieber einen langen Rock ... zu spät. Das Hemd meines Vaters reicht leider nicht bis zu den Knien, denn Oma hat, als sie schon mal dabei war, nicht nur die Manschetten abgeschnitten.

An der Tür kriege ich endlich einen verhuschten Blick von Torsten. »Tschüs.« Und weg ist er.

Ich setze mich zu Oma in den Garten, um so viel wie möglich über ihn rauszufinden. Das ist nicht weiter schwierig. Wir haben schon oft über ihre Schüler gesprochen und Oma erzählt mir immer bereitwillig, was ich wissen möchte.

Nach ein paar Minuten kenne ich seinen vollen Namen (Torsten Liebig), sein Alter (fünfzehn), sein Talent (mittelmäßig), und ich weiß, dass er nur drei Straßen weiter wohnt und unheimlich schüchtern ist. Das Letzte baut mich auf: Aus Schüchternheit hat er mich nicht angucken können!

Oma und ich trinken Limo. Ich nehme den neuen Badeanzug aus der Tüte und zeige ihn ihr.

»Zieh ihn doch an«, schlägt sie vor. »Wenn er an deinem Finger hängt, ist er lappig und ich kann gar nichts erkennen.«

Aber ich rede mich raus. Dass es zu heiß ist zum Umziehen und dass ich zu faul bin. In Wirklichkeit möchte ich nicht mal vor meiner Oma im Badeanzug dastehen. Mit mir drin würde der alles andere als lappig aussehen.

Oma hebt bedauernd die Hände und steht auf. »Ich mach jetzt Abendbrot. Bleibst du zum Essen? Onkel Bangemann kommt auch.«

»Ach, nein, danke. Ich sollte lieber ...«

Auf Onkel Bangemann, ihren Freund, bin ich nicht extra scharf. Er macht so ein Getue um mich und schaut mich an, als hätte ich eine Oberweite wie Britney Spears. Dabei ist mein Busen gerade mal eine Speckfalte mit zwei rosa Hütchen dran.

Ich will aber nicht ungerecht sein. Ich glaube nicht, dass Onkel Bangemann ein altes Ferkel, sondern einfach nur nett und unbefangen ist. Nette, unbefangene ältere Herren denken sich vielleicht nichts dabei, ein Mädchen so anzugucken. Aber ich mag es eben nicht. Ich mag auch nicht, wenn er sich nach der Schule erkundigt oder wissen will, ob ich schon einen Freund habe.

Ich, einen Freund! Selten so gewiehert.

Oma schließt im Vorübergehen den Deckel ihres Klaviers. Sie unterrichtet für die Musikschule, aber die Schüler kommen zu ihr nach Hause. Sie hat meinem Vater schon Unterricht gegeben, als er noch ganz klein war. Und sie ist stolz darauf, dass er es weiter gebracht hat als sie. Er ist nämlich Klavierlehrer am Konservatorium.

Die drei wichtigsten Menschen in meinem Leben spielen Klavier. Das reicht, finde ich. Es ist ein weiterer Grund, warum ich selbst damit aufgehört habe.

*

Während der Heimfahrt träume ich von Torsten. Ich gucke an den Leuten in der S-Bahn vorbei, nachdem ich abgecheckt habe, dass Torsten nicht unter ihnen sitzt. Und dass auch sonst nichts Vergleichbares anwesend ist. Nur schlappe, ältere Zeitgenossen, die entweder von der Arbeit oder vom Einkaufen kommen.

Ich spinne es mir aus: Wenn ich jedes Mal in Torstens Stunde platze, wird er irgendwann in meine grünen Augen schauen. Und dann, vielleicht ... Es könnte immerhin sein, dass er darüber meine Figur vergisst.

Als ich aussteige, pralle ich fast mit einem Typ zusammen, der aussieht wie ... O mein Gott, Ulrich!

Aber er ist es nicht. Ich drehe mich um und stiere in die wegfahrende Bahn hinein. Nein, er ist es wirklich nicht. Ulrich! Wie kann ich plötzlich wegen Torsten spinnen, wo ich doch in Ulrich verliebt bin!

Ein warmes Gefühl steigt mir von den Zehen bis in den Kopf. Ulrich spielt übrigens auch Klavier. Logisch, als unser Musiklehrer. Der vierte von den wichtigsten Menschen in meinem Leben. Ich sollte darüber nachdenken, ob ich nicht doch wieder mit Klavier anfange. Könnte ja sein, dass das der Schlüssel zu seinem Herzen wäre.

Der Schlüssel zu seinem Herzen! Warum wird mir eigentlich nicht auf der Stelle übel? Woher habe ich solche kitschigen Gedanken?

Ich beiße die Zähne zusammen und fange an zu laufen. Schlimm ist das mit mir. Ich sollte mich vielleicht mal besser mit Tierschutz oder mit Umweltschutz beschäftigen oder Menschenleben retten oder Verbrechen aufklären. Wie die Leute meines Alters in den Büchern, die ich gelesen habe. Die Liebe spielt bei denen höchstens eine Nebenrolle. Bin *ich* abartig oder sind sie es? Ich weiß nicht. Wahrscheinlich ich. Aber wenn ich mir die Mädchen in meiner Klasse anschaue, dann müssten die meisten von ihnen auch abartig sein.

Daheim wartet Britta auf mich. Sie sitzt auf der Eingangstreppe. Die Arme hat sie nach hinten gestützt. Ich sehe ihren hübschen Bauchstreifen und darüber das winzige Top. Die Tüte neben ihr gleicht meiner aufs Haar. Glück gehabt, dass wir uns im Laden nicht über den Weg gelaufen sind! In einer Umkleidekabine bin ich nämlich am liebsten allein.

»Hey«, ruft sie und steht auf, »deine Mutter hat gesagt, du bist auch einen Badeanzug kaufen gegangen! Warum haben wir's nicht zusammen gemacht?«

Ich klemme meine Tüte hinten in den Hosenbund und breite die Arme aus. »Für meine Größe gab's keinen«, behaupte ich.

Britta grinst. Sie greift um mich herum und schnappt sich meine Tüte. »Ich hab einen süßen gelben Bikini gekriegt. Und du?« Sie schaut hinein. »Oh!« Kurze Pause. »Schwarz steht dir bestimmt ganz toll!«, meint sie dann und zieht das Ding heraus.

»Sicher«, knurre ich.

In meinem Zimmer steigt Britta ungeniert aus ihren Klamotten. Ich will ja nicht starren, aber manchmal muss ich eben genau das anglotzen, was mir am meisten weh tut. Eine richtige Mädchenfigur nämlich. Mit schmaler Taille, kleinem Po und den dazu passenden niedlichen Brüsten. Was ist nur bei mir schief gelaufen? Warum bin ich so ein plumpes Monster? Ich war doch nicht immer so. Erst letzten Sommer hat das angefangen.

Der gelbe Bikini passt Britta wunderbar. Sie will sich im Spiegel betrachten, aber das geht nicht. »Ist das neuerdings deine Pinnwand?«, sagt sie und versucht, die Schmierzettel auf meinem Spiegel zu lesen.

»Nein, mein Papierkorb. Aber bei meiner Mutter ist noch ein Spiegel und im Bad haben wir auch einen.«

»Dann geh ich ins Bad«, sagt Britta.

Ich, wenn ich mit zwei gelben Streifchen bekleidet wäre, würde die Tür sehr vorsichtig öffnen und erst mal rausäugen, ob die Luft rein ist. Nicht so Britta. Sie marschiert frei und fröhlich zum Bad. Die Tür ist abgeschlossen.

»Oh«, sagt Britta und wartet. Ich frage mich zum x-ten Mal, wie verrückt ich eigentlich bin. Muss ich mir ausgerechnet so ein hübsches Mädchen zur Freundin aussuchen? Aber ich mag sie sehr und bin nur selten ein bisschen neidisch. Sie gibt mit ihrem guten Aussehen überhaupt nicht an, sie hat es eben, basta. Sie ist außerdem nett und zieht niemanden durch den Kakao.

Und eine weitere gute Eigenschaft von ihr ist, dass sie ein Problem mit Ulrich Falkenhauser hat. Weil sie nämlich beim Singen keinen einzigen Ton trifft. Ulrich ist zwar ganz locker darüber hinweggegangen und hat Britta auch nie wieder vorsingen lassen, aber sie vergisst es ihm nicht, dass sie sich in seiner Stunde blamiert hat. Sie kann Ulrich nicht mehr leiden. Das gibt mir das gute Gefühl, er gehört mir.

Plötzlich macht jemand die Badezimmertür auf. Es ist Kenneth Smith, der englische Tenor, mit dem meine Mutter heute wieder probt. Sie wird mit ihm zusammen auf Tournee gehen und seine Lieder begleiten.

Wenn man Kenneth Smith heißt, macht man es den Menschen sehr schwer. Jeder, der seinen Namen aussprechen will, kommt ins Stottern und Zischeln. Ich denke, das ist der Grund, warum Kenneth immer gleich vorschlägt, dass man einfach Ken sagen soll. Er spricht übrigens hervorragend

Deutsch. Mit einem britischen Akzent, in den man sich augenblicklich verlieben muss – ich wenigstens. Seit zwei Wochen (so lange ist Ken schon in der Stadt) bin ich heimlich in ihn verknallt. Leider hat er nur Augen für meine Mutter. Dabei ist er zehn Jahre jünger als sie! Er hat außerdem nicht nur einen süßen Akzent, sondern auch eine schlanke Figur, bei Tenören soll das selten sein. (Tenöre und Sopranistinnen sind meistens fett. Keine Ahnung, woher ich diese Weisheit habe.)

Ken stutzt bei Brittas Anblick. Er macht einen Bogen um sie und schnalzt verblüfft mit der Zunge.

Ich warte nicht, bis meine Freundin endlich kichernd im Bad verschwindet, sondern drücke meine Zimmertür zu. Noch nie hat Ken mit der Zunge geschnalzt, wenn er mir in der Diele begegnet ist. Klar, im Vergleich zu Britta bin ich ein Plumpudding.

*

Das war ein ziemlich langer, frustrierender Tag. Nachdem Britta gegangen ist und wir zu viert gegessen haben, mein Vater, meine Mutter, Ken und ich, kommt endlich der gemütliche Teil. (Beim Essen war es noch nicht so gemütlich, weil ich wegen Ken versucht habe, aufrecht zu sitzen, den Bauch einzuziehen und weniger zu futtern als sonst.)

Jetzt bin ich mit meinem Vater allein. Ich helfe ihm beim Abräumen. Meine Mutter und Ken proben schon wieder nebenan. Unsere große Wohnküche ist mehr oder weniger das Reich meines Vaters. Im Gegensatz zu meiner Mutter kocht er nämlich gern. Das mag auch der Grund sein, warum er neuerdings ein warmes, kuscheliges Bäuchlein entwickelt. Für Ken hat mein Vater heute sogar extra einen englischen Plumpudding gemacht.

»Madeleine«, sagt er und geht gemächlich um mich herum, »ich wollte es vorhin nicht erwähnen, aber was denkst du dir eigentlich dabei, meinen Kleiderschrank zu plündern?«

»Ooch …«, hüstle ich. Wieso hat er das verflixte Hemd nicht vergessen?

»Das ist eine Aufforderung«, sagt er und bohrt seinen Finger in die Insel mit der Palme auf meinem Rücken. »*Meet me here.* Wen willst du denn verlocken, und was tust du, wenn er anbeißt?«

Ich kichere und winde mich, weil sein Finger mich kitzelt. Ich fühle mich plötzlich attraktiv. Nur weil mein Vater es für möglich hält, dass ich jemanden auf eine Insel locken könnte. Ich mache die Augen zu und lehne mich an ihn. Er schlingt die Arme um meine Mitte und wiegt mich ein bisschen, ehe er mich sanft wegschiebt.

»Nächstes Mal fragst du mich vorher, okay?«

»Kein Problem.« Ich laufe hinaus und hole die zwei Hemden aus seinem Schrank, auf die ich es ebenfalls abgesehen habe.

»Die gefallen mir auch«, erkläre ich meinem Vater.

Er schaut mich an und sinkt auf einen Stuhl. »Was könnte ein junges Mädchen bewegen«, sinniert er, »sich ein Männerhemd überzuwerfen?«

»Wenn du das nicht siehst!«, fauche ich.

»Wenn ich was nicht sehe? Du bist fast vierzehn und entwickelst dich und bekommst genug Geld, um dir hübsche Klamotten zu kaufen, die deine Figur hervorheben.«

»Meine *was?*«, kreische ich.

Mein Vater schüttelt den Kopf. »Siehst du denn nicht, dass du eine hübsche Figur kriegst?«

Ich verknäule die Hemden und vergrabe stöhnend mein Gesicht darin. »Hübsche Figur? Ich bin ein Walross. Ich hab mir heute einen Badeanzug gekauft!«

»Lass sehen«, sagt mein Vater und lacht. »Zieh ihn mal an, Lenchen.«

»NEIN!«, schreie ich, überlege aber doch kurz, ob ich ihm den Badeanzug nicht vorführen soll, gewissermaßen als Test für morgen. Vielleicht ist mein Anblick gar nicht so schrecklich peinlich? Ach, lieber doch nicht. Morgen im Freibad kann ich wenigstens das Badehandtuch um mich wickeln.

Schnell das Thema wechseln. »Was ist jetzt mit den Hemden?«, frage ich und halte sie hoch.

Mein Vater zuckt die Schultern. »Du kannst sie haben.«

Ich bedanke mich und lade ihn zum Fernsehen in mein Zimmer ein – im Wohnzimmer wird den ganzen Abend über geprobt. Wir beide mögen Tiersendungen und so eine kommt heute. Die Hausaufgaben habe ich schon zwischen Mittagessen und Einkaufen hingefetzt. Darin bin ich ziemlich schnell. Woraus Oma gerne schließt, dass ich eine Menge Hirn habe.

Mein Vater bringt eine Tüte Chips und eine halb volle Flasche Wein mit. Wir kuscheln uns auf meiner Bettcouch dicht aneinander. Die Chips teilen wir uns, den Wein macht er ganz alleine nieder.

Als meine Mutter Kenneth Smith hinausgelassen hat und uns besichtigen kommt, schüttelt sie nur milde den Kopf.

Mein Vater winkt mit der leeren Flasche. »Kann dir leider nichts mehr anbieten, Alicia ...«

Ich liege an seiner Schulter und fühle mich sauwohl. Auch noch, als meine Mutter wieder gegangen ist.

»Weißt du, dass du Glück hast, Lenchen?«, flüstert mein Vater und nickt zur geschlossenen Tür hin.

»Wieso?«

»Weil sie dich in Ruhe lässt. Weil sie selbst so viel Erfolg hat, dass sie nicht ihre Tochter darauf trimmen muss. Da hast du echt Glück, weißt du. Viele Kinder werden ständig überfordert von ihren ehrgeizigen Eltern. Sie müssen etwas erreichen, was ihre Eltern nicht geschafft haben.«

»Und was ist mit dir?«, sage ich nach einer Weile. Ich finde nämlich, verglichen mit meiner Mutter ist mein Vater nicht besonders erfolgreich. Als mir klar wird, dass er genau diesen Gedanken aus meiner Frage schließen kann, beiße ich mir auf die Lippe.

Er lacht leise und drückt meinen Arm. »Mit mir hast du auch Glück. Denn ich habe keinen Funken Ehrgeiz. So bin ich nun mal. Wenn Oma mich nicht zum Üben gezwungen hätte – sie war der Ansicht, dass ich wirklich begabt, nur stinkfaul sei –, wenn sie mich also nicht dauernd geschoben hätte, wäre ich nie so weit gekommen. Ich habe mein Ziel überschritten. Das ist mehr, als die meisten Leute von sich behaupten können.«

»Dazu kann ich nichts sagen …«

»Sollst du auch nicht. Was übrigens dich betrifft, nun, da mache ich mir keine Sorgen. Du gleichst Alicia, du gehst deinen Weg. Du musst nur noch rausfinden, wohin. Hugh, ich habe gesprochen.«

»Was?« Ich starre meinen Vater an. Ist er betrunken?

»Das war von Karl May: ›Hugh, ich habe gesprochen.‹

Kennst du das nicht, Madeleine? In meinem Zimmer stehen sechsundfünfzig Bände Karl May ...«

Ach so. Klar kenne ich diese Indianerschinken, er hat sie mir oft genug zum Lesen angeboten. Hugh, Graus! Schnell erkläre ich meinem Vater, dass ich jetzt todmüde bin und sofort schlafen muss.

Ein gefürchteter Tag, an dem ich ausnahmsweise mal ganz und gar mit mir zufrieden bin

Das wirklich Gute am Schwimmen ist das Wasser. Es macht alle gleich, wenn man nicht genau hinschaut. Man taucht ein und ist weg. Nur noch der Kopf ragt raus und dagegen habe ich ja nichts. Ich sollte meine Haare erwähnen. Die sehen nass nicht schlechter aus als die Haare anderer Mädchen. Trocken schon. Trocken bin ich nicht mit ihnen zufrieden, weil sie sich für keine Farbe entscheiden können. Mal kommen sie mir blond vor und mal braun. Außerdem sind sie furchtbar dünn und glatt.

Aber wenn ich mich hier so umschaue, siehe da: Auch die anderen Mädchen haben nasse, glatte, dünne, hingeklatschte Haare. Ich bin dafür, dass die Schule in Zukunft im Wasser stattfindet. Gleiche Chancen für alle.

Nur hineinkommen muss man erst mal. Am Beckenrand liegen zwei Häufchen. Das eine ist mein Badehandtuch (jadegrün), das andere gehört Heidi (bunt). Heidi ist noch viel fetter als ich. Mein Glück, denn es lenkt die anderen von mir ab.

Ich war als Allererste im Wasser und habe die Blicke gesehen und das Gekicher gehört, als Heidi angewackelt kam. Sie ist außerdem keine gute Schwimmerin. Ängstlich hat sie gewartet, bis alle drin waren. Das war sehr unklug von ihr. Sie hätte es so machen sollen wie ich – nix wie rein. Stattdessen hörte sie sich sogar noch eine freundliche Extraaufforderung von Frau Mallich an, bevor sie umständlich ihr Badetuch ablegte. Das Gekicher wurde unüberhörbar. Heidi guckte keinen an und nahm ihren ganzen Mut zusammen. Platsch!, machte es.

Einer von den Jungs grölte: »Scheiße, das Bad läuft über!«

Ich war froh, dass ich nicht an Heidis Stelle war. Das Wasser schwappt übrigens ständig aus dem Becken. Nicht zuletzt wegen Fabian, diesem ungeheuren Dicksack, an dem alles wabbelt und der trotzdem wie ein Gummiball raus- und reinhüpft, immerzu, mit seinem nervigen Angebergeschrei. Hat der Typ noch nie in einen Spiegel geschaut? Und warum grölen sie eigentlich bei ihm nicht?

Vier Mädchen sehen nur zu. Das sind Franziska und Denise, die ihre Tage haben. Außerdem Rahime und Aysun, die am Schwimmen nicht teilnehmen müssen, weil sie sich vor Jungen nicht ausziehen.

Franziska und Denise räkeln sich auf der Bank in der Sonne. Rahime und Aysun hocken im Schatten und schwitzen bestimmt auch dort noch unter ihren vielen Tüchern und Röcken. Also, ehrlich gesagt möchte ich lieber doch keine Muslimin sein.

Frau Mallich ist heute nicht im Badeanzug. Vielleicht hat sie auch ihre Tage. Sie lässt uns auf Zeit schwimmen. Ich gebe mein Bestes, ich will eine gute Note. Nur drei Jungen sind schneller als ich, die Mädchen liegen bei der Auswertung alle hinter mir. Was bestätigt, dass man im Wasser nicht unbedingt stromlinienförmig sein muss. (Sind Walrösser eigentlich stromlinienförmig?)

Ich sehe, wie Heidi unbeholfen aus dem Wasser klettert und

ihr Badetuch an sich reißt. Dann wickelt sie sich hinein und klappert mit den Zähnen, als würde sie fürchterlich frieren. Sie lässt sich als bunter Koloss am Beckenrand nieder, am Ende der Reihe der anderen Mädchen, die in der Sonne sitzen, kein Handtuch brauchen und mit den Beinen baumeln.

Frau Mallich fordert alle auf, die es können, einen Startsprung vorzuführen. Damit die anderen daraus lernen. Ein paar Mädchen beteiligen sich und viele Jungen. Der Rest schaut zu. Nicht dass ich keinen Startsprung könnte. Aber dazu müsste ich mich deutlich sichtbar auf den Startblock stellen. Nein, danke.

»Sag mal, Madeleine«, Britta stößt mich mit der großen Zehe an den Oberarm, was möglich ist, weil sie am Beckenrand sitzt und ich im Wasser stehe. Ich bin dort schon festgewachsen. »Wird's dir nicht langsam kalt?«

»Ooch, nee. Wie du weißt, hab ich eine schützende Speckschicht.« (Komisch, ich kann leichter darüber reden, als dass ich mich zeige.)

Britta kichert. Ich grinse schief und unterdrücke einen Zitterkrampf, sonst gibt's hier nämlich gleich hohen Seegang, an meinen Schultern kräuselt sich schon das Wasser. Wenn ich nicht erfrieren will, muss ich jetzt wohl oder übel meinen neuen, sportlichen, schwarzen Badeanzug vorführen, der an mir so sportlich aussieht wie an einem Gymnastikball. Bevor ich mich aber dazu aufraffen kann, schwimmt plötzlich was großes Grünliches auf der Wasseroberfläche. Es bewegt sich, saugt sich voll und schwappt dann unter Wasser hin und her.

Mein Blick fährt dorthin, wo mal ein jadegrünes Häufchen am Beckenrand lag. Das Häufchen ist weg. Dafür steht Simon an der Stelle, verschränkt lässig die Hände auf dem Rücken, guckt nach den Vögeln und schlendert zu drei anderen Jungen hinüber. Die erwarten ihn mit breitem Grinsen.

»Simon, du Schwein!«, brülle ich. So was macht mich echt heiß. Ich bin aus dem Becken, bevor noch mein Schrei verklungen ist.

Simon versteckt sich hinter seinen Freunden. Das soll ihm nichts nützen. Ich komme, ich bin bereit, sie alle niederzuwalzen. Simon sucht sein Heil im Wasser. Wie dumm von ihm! Denn schon mit meinem Startsprung habe ich ihn erreicht. Ich packe ihn an den Schultern und lasse ihn kräftig trinken, bis Frau Mallich mit schriller Stimme schreit: »Hör auf, Madeleine, hör auf!«

Sie steht vornübergebeugt am Beckenrand, ihre Augen sind aufgerissen, der Mund auch. Sie ist drauf und dran, im Kleid reinzuspringen, um Simon den Trottel zu retten.

Ich lasse ihn los und sehe erst jetzt, dass die ganze Klasse da draußen versammelt ist und die Luft anhält. Simon taucht auf. Er prustet und keucht und spuckt. Dann fängt er an, wild nach mir zu schlagen. Dabei bin ich längst fertig mit ihm, seinetwegen lade ich mir doch keinen Mord auf!

»Hol mein Handtuch raus«, sage ich so eisig, wie mir ist. Auch ich atme schwer, natürlich.

»Warst du das?«, fragt Frau Mallich Simon und zeigt auf mein abgesoffenes Badehandtuch.

Simon die Ratte antwortet nicht.

»Jaaa!«, kommt es vielstimmig aus Brittas Ecke.

»Hol es heraus!«, befiehlt Frau Mallich in einem Ton, der Simon sehr schnell abtauchen lässt.

»Entschuldige dich«, bellt sie etwas verfrüht, denn er kann sie noch gar nicht hören.

Mich zieht sie heraus, dann wickelt sie mich in eins der Badetücher, die ihr die Mädchen auf ihren Wink hin gebracht haben. Sie beobachtet mich, als wäre ich jederzeit imstande, sie mit dem Kopf ins Becken zu tauchen und blubbern zu lassen. Dazu murmelt sie: »Wie kann man nur so überreagieren, Madeleine? Was ist denn in dich gefahren? So ein Jähzorn, weißt du, der kann einem ja … der kann einem ja Angst machen!«

»Die Ratte hat höchstens einen halben Liter geschluckt«, sage ich zahm und lächle Frau Mallich beruhigend an. Niemals würde ich sie blubbern lassen. Denn sie hat mich zu keinem Demo-Startsprung gezwungen, obwohl sie von früher her weiß, wie gut ich bin. Sie hat mich auch nicht gefragt, ob mir nicht zu kalt im Wasser sei. Und sie hat mich sofort in ein trockenes Badetuch gewickelt. Ich glaube, sie hat mehr Einfühlungsvermögen als meine beste Freundin Britta.

*

Als wir uns anziehen, ist ein großes Hallo in unserem Raum.

»Dem hast du's gegeben, Madeleine«, kriege ich begeistert zu hören. Bis auf Carolin, die schon mal mit Simon Händchen gehalten hat und jetzt aufs Klo verschwunden ist, sind alle auf meiner Seite. Das nennt man wohl Solidarität. Sogar Heidi schaut mich gedankenvoll an. Rahime und Aysun, die zu Hause den Männern und Jungen gegenüber auf Unterwürfigkeit getrimmt werden, betrachten mich voller Respekt und heimlichem Grausen – sie sehen plötzlich aus, als würden sie in ihren dicken Klamotten frieren.

Mir ist nicht mehr kalt, mir geht's jetzt richtig gut. Ich bin ausnahmsweise mal ganz und gar mit mir zufrieden. Deshalb fällt mir auch auf dem Rückweg zur Schule ein, dass Franziska mit Nachnamen Liebig heißt. Für solche Erleuchtungen braucht man eben einen unbeschwerten Kopf.

Ich hole sie und Denise ein. »Franziska? Hast du zufällig einen Bruder namens Torsten?«

»Sicher.« Franziska zuckt die Schultern, als müsse jeder ihre Familienverhältnisse kennen.

»Wie alt ist er? Fünfzehn?«

Sie bleibt stehen. »Ja, warum?«

»Ooch«, sage ich, »der nimmt bei meiner Oma Klavierstunden.«

»Echt? Seine neue Lehrerin, das ist deine Oma?«

Ich nicke.

Franziska grinst. »Dann spielt die also auch Klavier!« Von meiner Mutter und von meinem Vater weiß man es schon.

»Sie war die Erste«, stelle ich klar.

Britta, die meine Oma kennt und nicht weiter an ihr interessiert ist, legt jetzt los: »Mensch, Franzi, warum hast du nie erzählt, dass du einen älteren Bruder hast?«

Franziska verdreht wortlos und irgendwie viel sagend die Augen. Bevor ich mir selbst einen Reim darauf machen muss, klärt uns Denise auf: »Torsten ist der größte Langweiler, den ihr euch vorstellen könnt. Wenn er nicht Klavier klimpert, hockt er am Computer und spielt ein doofes Spiel.«

Franziska nickt gelassen dazu, anstatt sich aufzuregen. Also ich, wenn ich einen Bruder hätte … Aber ich hab leider gar nichts. Natürlich würde ich mir nicht gerade Torsten zum Bruder wünschen. Denn dann könnte ich mich ja nicht in ihn verlieben. Torsten gehört garantiert nicht zu den Leuten, die so bösartig sind, einem dicken Mädchen das Badetuch ins Wasser zu werfen.

»Besuch mich, dann zeig ich ihn dir«, sagt Franziska zu Britta und reißt mich damit aus meinen Gedanken. Aber warum lädt sie mich nicht ein? Ich hab sie doch nach Torsten gefragt!

Weil ich heute wirklich gut drauf bin, sage ich beherzt: »Ich komme mit!« Normalerweise lade ich mich nicht selbst ein, ich will mich ja nicht aufdrängen.

»Klar kommst du mit, Madeleine«, sagt Franziska, ohne zu zögern.

»Wann?«, will Britta wissen.

»Egal. Heute, wenn ihr wollt. Wir haben nichts weiter vor. Oder, Denise?«

Denise schüttelt den Kopf. »Bring ein paar CDs mit«, sagt sie zu Britta. Mir traut sie anscheinend nicht zu, dass ich die richtige Musik habe. Vielleicht vermutet sie bei mir zu Hause nur stapelweise Klaviersonaten.

Bevor ich aber etwas dazu bemerken kann, erinnert sich Britta an ihren Zahnarzttermin, den sie heute hat. Und mir fällt sofort ein, dass sie mich gestern schon inständig gebeten hat mitzukommen; mit mir zusammen wird sie es vielleicht überleben.

Das Treffen bei Franziska wird verschoben.

Von einem armen Schwein (und noch zwei weiteren)

Ulrich Falkenhauser ist im Februar neu an unserer Schule aufgetaucht, als Referendar für Musik. Es ist sein zweites Jahr als Lehrer. Er hat gerade erst sein Studium hinter sich. Deshalb kann man ihn rein äußerlich kaum von den älteren Schülern unterscheiden. Höchstens daran, dass er während der Pause nicht irgendwo rumknutscht, als Lehrer kann er das schließlich nicht machen. Und ehrlich gesagt wäre keine Lehrerin an unserer Schule als Partnerin dafür geeignet. Außer vielleicht Frau Mallich, aber auch die nicht. Sie ist zu alt für Ulrich. Normalerweise sollte der Mann älter sein, es dürfen ruhig zehn bis fünfzehn Jahre sein, habe ich im TV-Heft gelesen. Die Promis bringen es oft auf noch viel mehr. Daraufhin hab ich zu rechnen angefangen. Also, ich bin jetzt dreizehn (nicht mehr lange!), und Ulrich hat uns verraten, dass er fünfundzwanzig ist. Wenn ich mal im richtigen Alter von, sagen wir, achtzehn bin, ist der Altersunterschied zwischen uns immer noch zwölf. Von solchen Rechnungen wird mir richtig schwindlig!

Nur, wenn ich so an mir runterschaue, komme ich ganz schnell auf den Boden der Wirklichkeit zurück. Ulrich Falkenhauser wird mich wahrscheinlich nicht mögen.

Er hat sowieso die große Auswahl. Allein in meiner Klasse reißen sich fast alle Mädchen um ihn. Jede will Ulrich helfen, wenn er zum Beispiel ein Taktstöckchen schleppt. Jede guckt noch schnell in den Schaukasten vor der Tür zum Musiksaal, wo man sich spiegelt. Und frisch gewaschene Haare sind am Musiktag eine Selbstverständlichkeit.

Bei den Jungen nicht. Sie haben fettige Haare und glänzende Pickel, fallen wie Kartoffelsäcke in die letzte Sitzreihe und würden nicht mal dann einen Finger krumm machen, wenn Ulrich Falkenhauser statt des Stöckchens den Flügel tragen müsste. Krasser könnte der Gegensatz zu den Mädchen gar nicht sein. Denn die raufen sich auch um die vorderen Sitzplätze und würden am liebsten in Ulrich Falkenhauser reinkriechen.

Fünf von uns Mädchen machen dabei eine Ausnahme. Erstens Britta – sie nimmt es Ulrich bekanntlich übel, dass sie nicht singen kann. Zweitens Heidi – ihr fehlt's an Selbstwertgefühl, glaube ich. Drittens und viertens Rahime und Aysun – die haben wahrscheinlich Angst, dass es jemand ihren Vätern erzählt, wenn sie Ulrich versehentlich angeschaut haben. Fünftens ich. Ich halte mich total zurück. Weil ich die Einzige bin, die Ulrich wirklich liebt und versteht (das ist mehr als verliebt sein) und es überhaupt nicht zeigen darf – eine mit meiner Figur kann sich Schmachtblicke einfach nicht leisten.

Heute haben wir von Franz Schubert gehört. Der war ein armes Schwein. (Ulrichs Worte; er dämpfte dabei die Stimme und schielte zur Tür.) Also, der arme Franzl hat ganz tolle Musik geschrieben und fast niemand hat es gemerkt. Erst jetzt, wo er schon so lange tot ist, weiß man es.

An dieser Stelle hat uns Ulrich ein Klavierstück von Schubert vorgespielt, ein witziges, sodass sich einige von uns angeschaut haben, als wäre Klavierspielen gar nicht so übel. Es war eins dieser kleinen Stücke, die meine Mutter für die Konzertreise mit Kenneth vorbereitet, als Zugabe für ein begeistertes Publikum. Ich wusste sofort, dass Ulrich das beste davon ausgesucht hatte. Schlau von ihm! Sogar die Jungen kamen in ihren Stühlen hoch und fingen zu trampeln an.

Dann ist Ulrich gleich am Flügel sitzen geblieben und hat weitererzählt. Dass der Franzl klein und dick war und ein Mädchen geliebt hat, eine aus dem Kirchenchor, aber die hat einfach einen anderen geheiratet. Das war schlimm für ihn. Er hat keine mehr abgekriegt und ist auch ziemlich jung gestorben.

Ulrich guckte ein Weilchen auf die Tasten und es war mucksmäuschenstill im Raum. Dann sang er uns *»Fremd bin ich eingezogen, fremd zieh ich wieder aus«* vor. Ich kannte das Lied schon von Ken. Es ist eines von seinen ganz traurigen. Sowieso gehen fast alle Liebeslieder von Schubert schlecht aus.

Ulrich ist kein Supertenor wie Kenneth Smith. Trotzdem sind mir die Tränen gekommen. Ich musste mit meinem Taschentuch so tun, als hätte ich eine plötzliche Sommergrippe. Es fiel aber nicht weiter auf. Denn die Jungs prusteten los und tauchten wieder in ihre Stühle ab.

Diese Vollidioten!

Das Lied war allerdings keine kluge Wahl von Ulrich. Auch die Mädchen hatten ein Problem damit. Natürlich! Wenn man nicht daran gewöhnt war, dass im Wohnzimmer ein Tenor übt …

Ulrich merkte es und brach in der zweiten Strophe ab. »Ich muss euch erst langsam mit Kunstliedern vertraut machen«, murmelte er. Danach erzählte er uns, der Franzl sei so arm gewesen, dass er sich kein eigenes Klavier leisten konnte. Bei Freunden hat er gespielt und sich durchfüttern lassen. Außerdem hat er nie seine Brille abgenommen, nicht mal im Bett.

Hier kicherte die ganze Klasse los, ich auch. Mit der Brille schlafen, das war ja wirklich verschroben!

Einer von den Jungen hinter mir flüsterte, jetzt wisse er, warum das arme Schwein kein Weib abgekriegt hat.

Ulrich tat, als hätte er es nicht gehört. Er wiederholte das Klavierstück von vorher und mir fiel auf, dass aus einem witzigen Stück auf einmal ein zorniges wurde. Es kam auch nicht mehr so gut an wie zu Beginn der Stunde, die Überraschung war vorbei. Die Jungen blieben abgetaucht und die Mädchen hörten höflich zu.

In der Sekunde wusste ich es. Nämlich dass ich die Einzige bin, die Ulrich liebt und versteht. Leider hat er keine Ahnung davon. Es ist sogar möglich, dass er meinen Anfall von Sommergrippe für albernes Gepruste gehalten und keinen Unterschied zwischen mir und den anderen Prustern bemerkt hat.

Dieser Gedanke peinigt mich noch während des ganzen Vormittags. Trotzdem male ich mir aus, wie Ulrich eines Tages wie durch ein Wunder darauf kommt, dass ich es bin, die ihn liebt und versteht, die ihn immer geliebt und verstanden hat, schon damals in der siebten Klasse, in der Schubertstunde … Doch dann beunruhigt mich die Erinnerung an mein Prusten wieder und versaut mir das Vergnügen an meinem Tagtraum.

Geknickt gehe ich heim und singe dabei *»Fremd bin ich eingezogen, fremd zieh ich wieder aus«* vor mich hin. Wahrscheinlich bin ich genau so ein armes Schwein wie der beklagenswerte Franzl Schubert, nur ohne Brille. Ich wünsche mir schon fast eine Brille, die würde ich dann auch zum Schlafen aufbehalten. Denn schließlich, wen interessiert es schon, wie ich aussehe? Noch dazu im Bett. Keiner, fürchte ich, wird sich jemals dafür interessieren, wie ich im Bett aussehe.

Ich mache noch einen Umweg über den Park und singe das Lied ziemlich laut, weil mich sowieso niemand hört. Dabei merke ich wieder mal, dass Singen einfach toll ist. Nur kann ich es nicht ungetrübt genießen. In meinem Kopf vermischen sich nämlich gerade sämtliche Personen: Ulrich und Kenneth und Franz Schubert und Torsten. Bei dreien von ihnen, denke ich düster, hab ich garantiert keine Chance. Und der Franzl ist schon tot.

Was nützt mir da meine gute Stimme?

*

Meine Mutter ist seit einer Woche auf Konzertreise in Frankreich und hat es nicht für nötig gehalten, uns ihren Zeitplan hier zu lassen. Wo die Konzerte sind, wo sie jeweils wohnt, die entsprechenden Telefonnummern, das alles.

Mein Vater ist empört darüber, er versteht es nicht. »Hier könnte Gott-weiß-was passieren«, sagt er alle zehn Minuten, »und sie ist nicht mal zu erreichen!«

Am Mittwoch hat sie ganz kurz von irgendwo angerufen und sich nur erkundigt, ob alles in Ordnung ist. Sie sei zwar schon bald wieder zu Hause, aber man könne ja nie wissen.

»Allerdings«, hat mein Vater gefaucht, hinterher, denn während des Telefonats ist er nicht dazu gekommen, das war zu schnell vorbei.

Jetzt hängt er jeden Abend rum und ist deprimiert. Er mag nicht mit mir fernsehen und kontrolliert nicht mal, was ich gucke, sondern sitzt am Flügel und spielt traurige Sachen. Keine Schubertlieder wie meine Mutter und Ken, was anderes eben. Ich wusste gar nicht, dass es so viele traurige Stücke gibt.

Am Freitagabend schlendere ich hinüber ins Wohnzimmer und erzähle meinem Vater von dem witzigen Klavierstück, das uns Ulrich Falkenhauser in der Schule vorgespielt hat.

»Kann ich das mal von dir hören?«, frage ich listig. Vielleicht ist es geeignet, ihn aufzuheitern.

»Ausgerechnet Schubert«, murmelt er, als wäre es eine unerträgliche Zumutung, meine Bitte zu erfüllen. Er schüttelt den Kopf und hängt schon wieder trübe und schwer über den Tasten.

Ich raffe mich zu einem echten Opfer auf. »Oder sollen wir vierhändig spielen?« Daran hatte mein Vater früher immer Spaß. Es sind einfache Stücke, die Oma mir beigebracht hat. Bestimmt mache ich in jedem Takt mehr Fehler, als Noten drin sind, aber möglicherweise findet er ja gerade das lustig.

Anstatt zu strahlen und mich neben sich auf die Klavierbank zu ziehen und den Arm um mich zu legen, schaut mich mein Vater an, als hätte er noch nie etwas von vierhändigen Klavierstücken gehört.

»Willst du denn?«, fragt er schließlich.

Ich nicke tapfer.

Er seufzt. »Dann bring die Noten.«

Verflixt. Mir fällt ein, dass ich die Noten Oma zurückgegeben habe. »Äh, ich hab sie nicht mehr.«

Mein Vater guckt mit einem gequälten Ausdruck durch mich hindurch. Nicht wegen der Noten. Die hat er längst vergessen.

Ich schleiche geknickt davon. In meinem Zimmer läuft noch der Fernseher. Ich zappe ein bisschen herum. Da höre ich plötzlich von drüben Töne, die mir durch Mark und Bein gehen, schwere, tödliche Akkorde: der Trauermarsch von Chopin! Ich stürze ins Wohnzimmer.

»Was ist passiert? Ist was mit Mama?«, schreie ich aufgelöst.

Mein Vater spielt den ganzen verdammten Trauermarsch zu Ende (und der dauert länger als eine Beerdigung), bevor er murmelt: »Wer weiß. Würden wir's denn überhaupt erfahren?«

Ich setze mich neben ihn auf die Klavierbank und rücke ihm so lange auf den Pelz, bis er endlich auftaut und mich in den Arm nimmt. Er nuschelt mir in die Haare: »Ach, Lenchen. Ich vermisse sie so.«

»Aber du hast doch noch mich«, nuschle ich zurück.

Eine Weile sagt er nichts. Und dann: »Ja, ich habe dich. Was für ein Glück.« Er gibt mir einen Klaps. »Was hältst du davon, wenn wir uns eine schöne Pizza in den Herd schieben?« Er schaut mir erwartungsvoll ins Gesicht, als wäre *ich* die Deprimierte.

»Hm«, mache ich. »Hast du vergessen, dass wir schon Spaghetti Bolognese zum Abendessen hatten?«

»Ja, und?«, sagt mein Vater und steht entschlossen auf. »Jetzt hab ich eben Hunger auf Pizza. Und du auch, gib's zu!«

Nun ja, ich kann eigentlich immer eine Pizza verdrücken. Und die Spaghetti liegen schon länger als zwei Stunden in meinem Magen. Das, was von ihnen noch übrig ist.

Während wir vor dem Herd auf die Pizza warten, gesteht

mir mein Vater, dass er in Wirklichkeit ein Frustesser ist. Er schaut schmerzerfüllt auf sein Bäuchlein nieder. Dass er eben dauernd futtern muss, wenn meine Mutter weg ist, sogar mitten in der Nacht. Und dass er diese Woche schon fast drei Kilo zugenommen hat. So schlimm ist es für ihn, wenn meine Mutter nicht da ist!

Ich beäuge ihn teilnahmsvoll. Könnte es vielleicht hauptsächlich daran liegen, dass sie ihm keine Telefonnummern hinterlassen hat? Ich bin ja kein kleines Kind mehr und kann mir auch was zusammenreimen.

Auf jeden Fall weiß ich jetzt, wer das dritte arme Schwein ist.

*

Weil ich die Verantwortung für einen depressiven Mann nicht weiter allein tragen will, rufe ich am Samstag frühmorgens Oma an.

»Um Gottes willen, Madeleine«, flüstert Oma ins Telefon, »ist etwas passiert?«

Ich beruhige sie und höre, wie sie mit einem Seufzer ins Kissen zurückfällt. Außerdem grunzt neben ihr jemand verschlafen im tiefsten Bass. Ach, ist etwa Onkel Bangemann bei ihr? Ich habe noch gar nicht mitgekriegt, dass er auch bei ihr schläft! Das ist mir nun doch peinlich. Ich meine, ich war wohl bisher zu blöde, ihre Beziehung zu begreifen. Und außerdem habe ich die beiden jetzt gestört.

»Entschuldige, Oma«, sage ich schnell. »Ich ruf dich später wieder an.«

»Warte, Madeleine. Du hast doch einen Grund, dass du

mich so früh weckst.« Zur Seite hinüber sagt sie: »Schlaf ruhig weiter, Walter. Es ist nur Madeleine.« Und zu mir: »Was ist los, Lenchen?«

Meine Mutter hat mich noch nie Lenchen genannt, das machen bekanntlich nur Oma und mein Vater. Auf einmal wird mir bewusst, was für ein armes, mutterloses Kind ich bin, und ich heule drauflos. Unter Schluchzen erzähle ich Oma konfuses Zeug. Von den fehlenden Telefonnummern und dass mein Vater wahrscheinlich keinen Schubert mehr mag.

»Moment«, unterbricht mich Oma. »Was redest du da plötzlich von Schubert? Und wieso soll Robert ihn nicht mehr mögen? Bleib doch bei der Sache! Also, ihr wisst nicht, wo die Konzerte stattfinden? Warum ruft ihr nicht einfach die Agentur an? Die hat doch ...«

Ich lasse Oma reden. Ich bin ja bei der Sache geblieben, das weiß ich jetzt auf einmal glasklar: Ken singt Schubert. Ken ist mit meiner Mutter auf Reisen. Meine Mutter verheimlicht meinem Vater ihre Aufenthaltsorte. Mein Vater spielt den Trauermarsch und isst sich einen Frustbauch an. Das Agenturfoto von Ken, das bis Mittwoch noch im Wohnzimmer lag, hat er verschwinden lassen.

Ja, war ich denn mit Blindheit geschlagen? Habe ich denn nicht gesehen, wie meine Mutter und Ken sich beim Musizieren zulächeln? Habe ich wirklich gedacht, das müssen sie tun, das gehört zum Auftritt?

Ja, das habe ich. Und mein Vater wahrscheinlich genauso. Wir saßen noch am letzten Abend vor der Konzertreise als Publikum im Wohnzimmer, haben uns alles angehört und hinterher kräftig geklatscht.

Bei meinem Vater muss irgendwann in dieser Woche der

Groschen gefallen sein und bei mir ist es jetzt passiert – vorher hat er geklemmt. Nur Oma stellt sich noch an. Sie war doch auch dabei am letzten Abend!

Ich unterbreche ihre Erklärungen von der Agentur (dass die alle Unterlagen hat und wie man sie erreichen kann und so weiter). »Oma«, platze ich heraus, »ich glaube, Ken und Mama sind ineinander verliebt!«

Atemlos lausche ich, ob Oma in Ohnmacht fällt und Onkel Bangemann sie wieder belebt. Aber alles, was ich höre, ist Omas leises Lachen.

»Hast du das nicht gewusst, Madeleine? Natürlich sind sie ein bisschen ineinander verliebt! Sonst könnten sie nicht so zusammen musizieren, nicht so wunderbar, dass man am liebsten weinen möchte. Verstehst du? Es gibt viele Arten von Liebe. Das ist eine davon. Eine andere ist die Liebe deiner Mutter zu deinem Vater. Oder zweifelst du etwa daran?«

»Also, ich …«

»Natürlich leidet Robert, weil sie nicht da ist, das ist doch klar. Und den Zeitplan samt Adressen und Telefonnummern hat Alicia einfach vergessen, weil sie über ihrer Musik alles vergisst. Das sagst du doch selbst oft genug! Beruhigt, Lenchen? Sieh bloß keine Gespenster!«

»Gespenster?«

»Ich meine, du sollst dir nichts einbilden und dir nichts zusammenphantasieren. Für das Thema Liebe bist du einfach noch zu jung. Wie willst du jetzt schon etwas darüber wissen?«

Denkt Oma. Ich bin überhaupt nicht zu jung für das Thema Liebe! Oder was ist das denn, was ich fühle? Für Ulrich, für Torsten, für Ken … Nein, für den nicht mehr. Ken, den streiche ich.

Oma verspricht mir, dass sie sich heute um Robert kümmert. Sie will einkaufen und dann mit ihm zusammen kochen und auch Onkel Bangemann zum Essen einladen, damit Robert eine Ablenkung hat. Ob ich das für eine gute Idee halte?

»Das ist eine sehr gute Idee, Oma«, sage ich erleichtert. Jetzt bin ich die Verantwortung für meinen Vater los und kann zu Britta gehen. Ich bitte Oma noch, sich eventuell auch für den Sonntag was einfallen zu lassen, da sei Papa bestimmt besonders depressiv. (Britta und ich wollen am Sonntag zu Franziska, wo ich endlich Torsten wieder sehen werde.)

Oma lacht. »Gut, dass du so früh angerufen hast! Nun kann ich planen. Werde als Erstes Onkel Bangemann hier aus dem Bett werfen. Nach dem Frühstück kreuze ich dann mal bei euch auf. Damit ich's nicht vergesse: Die zwei Hemden bringe ich dir gleich mit, sie sind fertig. Ich hoffe nur, Robert braucht sie wirklich nicht mehr ...«

»Ich schwöre, Oma. Was denkst du denn? Dass ich sie ihm geklaut habe? Nein, er hat sie mir echt und aus freiem Willen geschenkt.«

Ich habe die Hemden genau während Torstens Klavierstunde zu Oma gebracht. Dachte ich zumindest. Aber einer ihrer Schüler war ausgefallen und sie hatte Torsten früher herbestellt. So ist das mit Oma. Auf ihren Stundenplan ist irgendwie nie Verlass.

Aber ich sehe Torsten ja am Sonntag. Wer ständig entweder am Klavier oder am Computer sitzt, kann nicht gut woanders sein als zu Hause.

Von einem denkwürdigen Besuch bei Britta und einem aufschlussreichen bei Franziska

Ich darf Britta zum Mittagessen einladen, weil Oma und mein Vater sich beim Kochen selbst übertroffen haben, vor allem mengenmäßig. Brittas Eltern sind übers Wochenende weggefahren. Das erzählt sie meinem Vater, als sie kommt und sich für die Einladung bedankt. Schadenfroh fügt sie hinzu, dass Lukas jetzt selbst was für sich machen muss, weil sie nicht da ist. (Lukas ist ihr Zwillingsbruder und ein ekelhafter Kotzbrocken. Wenn seine Freunde als Verstärkung bei ihm sind, führt er sich übel auf und ist richtig gemein zu Britta und mir: Sie nennt er Busenschnecke und mich Bombe!)

»Ruf doch deinen Bruder an, er soll auch zum Essen kommen«, schlägt mein Vater vor.

Ich lasse einen Topfdeckel fallen. »Iiihh!«

»Lukas ist noch im Bett«, sagt Britta geistesgegenwärtig. »Er kann das Telefon nicht hören.«

»In deinem Alter sollte man wissen, wie man einen heißen Topf anfasst«, belehrt mich Oma.

Weiß ich ja. War nur der Schreck. Lukas hier – o Horror!

Wir stehen alle in der Küche herum. Onkel Bangemann mustert Britta wohlwollend. Ihre Rubbeltattoos scheinen ihn etwas zu verwirren. »Ist das echt?«, fragt er und tupft ihr auf den Bauchnabel. (Britta hat sich rund um den Nabel ein ganz süßes Tattoo gemacht.)

Sie zieht bei der Berührung den Bauch ein und kichert.

Oma klopft Onkel Bangemann im Vorübergehen auf die Finger. »Lass das, Walter«, sagt sie streng.

»Ich wollte ja nur wissen, ob es echt ist«, verteidigt sich Onkel Bangemann.

»Es ist *nicht* echt«, gibt Britta Auskunft. »Man kann es wieder wegmachen.«

»Da hast du aber Glück«, meint Onkel Bangemann. Er wendet sich an mich und schenkt mir denselben wohlwollenden Blick. Sieht er vielleicht den Unterschied zwischen Britta und mir nicht? »Madeleine, hast du auch so was?«, will er wissen.

Ich ein Tattoo am Bauchnabel? Ich schüttle den Kopf und werde feuerrot.

»Warum denn nicht?«

Völlig entgeistert starre ich den Mann an. Will er mich bloßstellen oder ist er doof? Er guckt so unschuldig und harmlos drein wie einer, der wirklich denkt, mein Bauch wäre für ein Tattoo geeignet.

Britta grinst und schlägt vor, dass wir es am Nachmittag bei ihr zu Hause probieren könnten, sie hat noch Tattoos übrig.

»Spinnst du?«, fauche ich sie an. Wollen die mich alle quälen oder bin ich vielleicht über Nacht plötzlich schlank geworden? Schnell äuge ich an mir hinunter. Das Wunder ist nicht geschehen.

Jetzt gibt mein Vater auch noch seinen Senf dazu: »Ein tätowierter Bauchnabel muss ja nicht sein. Aber so ein Band ...« Aufmunternd guckt er von Brittas Hals zu meinem.

Mit einem Tattooband um den Hals sehe ich noch mehr wie eine Wurst aus – oben abgeschnürt nämlich. Ich hab mir längst Tattoobänder gekauft und vor dem Spiegel ausprobiert.

Sie machen sich ganz gut um meine Hefte und Bücher, die können sie von mir aus würgen.

»Jede trägt Tattoobänder«, sage ich kühl.

»Wenn du dich von der Masse unterscheiden willst«, lacht mein Vater, »gelingt dir das garantiert mit meinen Hemden.«

»Oh, du hast ja ein neues an, Madeleine!«, sagt Britta und marschiert mit schiefem Kopf um mich herum.

Auf meinem Rücken geht, wie ich weiß, die Sonne blutrot unter und taucht eben halb ins Meer. Noch ein Souvenir, dieses Hemd, das meine Mutter von irgendwo mitgebracht hat.

»Stark«, meint Britta ehrlich. Das Hemd gefällt ihr offenbar so gut, dass sie es am liebsten gegen ihren hübschen Bauchnabel eintauschen würde. Später würde sie deswegen natürlich bittere Tränen weinen. Aber den Tausch würde ich nicht rückgängig machen.

»Dazu fehlt dir jetzt nur noch eine leichte Sommerhose«, sagt Britta, die von meinen fiesen Gedanken nichts ahnt. »Würde echt gut aussehen. Warum hast du denn immer die dicken Jeans an?«

»Bravo«, sagt mein Vater.

Ich schaue genervt von einem zum anderen. »Können wir jetzt vielleicht mal das Thema wechseln?«, knurre ich. Damit bringe ich sie alle zum Lachen und dann reden wir endlich von was anderem.

Aber mit der Hose hat Britta mich auf was gebracht. Ich könnte wenigstens mal eine anprobieren. Denn dieses Hemd reicht halb über meine schwabbeligen Oberschenkel, weil ich Oma verboten habe, das Meer mit der untergehenden Sonne abzuschneiden. Während die anderen sich zu Tisch setzen, verschwinde ich noch schnell und wühle in den Sachen meiner Mutter. Sie besitzt mehrere ultraleichte Sommerhosen mit Gummizug, die an ihr lässig fallen. Ich finde eine und passe auch hinein. Die Hose hat außerdem noch genau die zartrosa Farbe der Abendwölkchen von meinem Hemd. Zwar fällt sie an mir nicht lässig, weil ich sie ausfülle, aber das verdeckt das Hemd.

Keiner sagt was, als ich zurückkomme. Sie bemerken es nicht einmal! Was mich mächtig erleichtert. Ich lasse mir das leckere Essen schmecken. Denn das hat nun auch noch Platz.

*

Gleich nach dem Essen gehen wir zu Britta. Ein wahnsinniges Gedröhn empfängt uns schon an der Wohnungstür.

»Ach du Scheiße! Lukas der Spinner in Action«, sagt Britta.

»Will er das Haus zum Einsturz bringen?«, frage ich.

»Den Wohnzimmerschrank wahrscheinlich«, lacht Britta. »Aber mich geht das nichts an. Wenn keiner da ist, spinnt der eben. Die Leute unter uns sind auch gerade im Urlaub.«

Wir geben uns keine Mühe, die Wohnungstür leise aufzuschließen. Wir müssen sowieso damit rechnen, von Lukas dem Raver sofort in Grund und Boden gestampft zu werden. Seit der diesjährigen Love Parade (die er zwar nur im Fernsehen angeschaut hat) ist er laut Britta völlig weggetreten und hopst ständig herum.

Im Flur finden wir ihn nicht, aber er plärrt von irgendwo den Song mit. Britta zieht mich ins offene Wohnzimmer hinein. Kein Lukas. Nur eine Musik, die mich mit ihrer Phonzahl umhaut. Die eingebaute Stereoanlage bringt den ganzen Schrank ins Schwingen und alle Gläser beteiligen sich am

Sound. Britta geht hin und dreht den Pegel ein wenig zurück. Dann winkt sie mich in ihr Zimmer. Hier ist es auszuhalten.

»Bestimmt badet er«, meint sie.

»Badet?«

»Ja. Er liegt wahrscheinlich in der Wanne, hat alle Türen offen und grölt sich die Stimmbänder kaputt. Das macht er immer, wenn keiner da ist. Die ist süß, die Hose.« Britta zeigt auf meine Beine. »Hast du die schon lange?«

»Sie gehört meiner Mutter. Hoffentlich schnurrt sie wieder zusammen, wenn ich sie getragen habe.«

»Du bist doch doof.« Britta lacht und holt ihre Tattoos her. »Willst du jetzt?« Sie guckt mir auf den Bauch.

»Nie im Leben!«

»Wieso nicht? Dann vielleicht auf den Arm?«

Ich lasse mir von Britta auf jeden Unterarm ein Tattoo machen. Sie gelingen gut und gefallen mir auch. Dann zieht mir Britta ein Tattooband über den Kopf und ich wehre mich nicht. Sie zupft es an meinem Hals zurecht, tritt einen Schritt zurück und betrachtet mich kritisch.

»Madeleine, das steht dir.«

Ich sehe, dass sie es ehrlich meint. Daraufhin prüfe ich mich in ihrem Handspiegel. Das schwarze Band liegt zart an meinem Hals und schnürt mich nicht ein. Meine Haare kommen mir blonder vor als sonst und meine Augen glitzern grün. Wie eine Wurst wirke ich eigentlich nicht. Aber das kann daran liegen, dass ich nur das Ende der Wurst sehe.

»Ich weiß nicht …«, zögere ich.

»Geh ins Bad«, sagt Britta. »Dort ist ein großer Spiegel.«

Ich drücke die Türklinke hinunter, dann fällt mir Lukas ein. »Aber das Bad ist besetzt. Von Lukas!«

»Der ist inzwischen sicher schon wieder draußen«, meint Britta unbekümmert. »Und wenn nicht, hörst du es.«

Der Lärm erschlägt mich. Das Bad ist am anderen Ende der Wohnung und der Flur macht davor einen Knick. Ich gehe eben auf den Knick zu, als sich die singende Stimme von Lukas schlagartig nähert.

Erschrocken renne ich zurück, stolpere über irgendwelche Schuhe und drücke mich in die überquellende Garderobe. Im Flur ist es dämmerig, nur vom offenen Wohnzimmer her kommt Licht. Lukas singt und hopst jetzt vor dieser Tür herum, dann ins Wohnzimmer hinein und wieder heraus, stampft mit den nackten Füßen, stößt einen Arm rhythmisch zur Decke, danach den anderen, wirbelt zwanzigmal im Kreis herum, schreit: »Ja, ja, yeah!« und schleudert den Kopf hin und her, dass seine nassen Haare Tropfen sprühen.

Alles an Lukas zuckt und wackelt, auch sein ziemlich langer Pimmel. Lukas ist nämlich vollständig nackt.

Ich bin vor Schreck gelähmt. Mein Glück wahrscheinlich. Denn eine Bewegung würde mich verraten. Wie ich auch das noch verkraften sollte …

Als Lukas endlich, endlich aus meinem Blickfeld hopst, um an der Stereoanlage die CD auszuwechseln, gehe ich schnell und geräuschlos zu Britta zurück. Sie sieht mich fragend an.

»Ich glaube, Lukas ist noch im Bad«, lüge ich. Ich kann es ihr unmöglich erzählen, ich muss es selbst erst mal verdauen.

»Quatsch. Er ist im Wohnzimmer, die Musik hat aufgehört.« Britta geht zur Tür. Da brüllen die Lautsprecher schon wieder los. »Nein, doch nicht«, sagt sie. »Warte!«

Ich strecke den Arm aus, um sie zurückzuhalten. Aber dann denke ich, dass die beiden ja Geschwister sind.

Britta wird Lukas nicht zum ersten Mal nackt sehen.

Etwa zwei Sekunden später höre ich einen lauten Aufschrei – Britta! Und einen grässlichen Fluch – Lukas!

Normalerweise würde ich hinausstürzen, um jemanden zu retten oder so. Aber da ich ja weiß, was los ist, lasse ich es lieber bleiben.

Alles in allem ist dieses Erlebnis für mich gut ausgegangen. Ganz abgesehen davon, dass ich jetzt genau weiß, wie ein Junge in unserem Alter an einer bestimmten Stelle seines Körpers beschaffen ist.

Also, jeden Tag muss ich das nicht haben.

*

Am Sonntag treffen wir uns bei Franziska. Ich habe keine Angst, dass ich ihren Bruder Torsten versehentlich beim nackten Herumtanzen überraschen könnte. Irgendwie weiß man, wer so was tut und wer nicht. Torsten ist der Typ nicht.

Wir hören Musik in Franziskas Zimmer – Britta, Denise, Franziska und ich – und umwickeln uns gegenseitig Haarsträhnen mit bunten Wollfäden. Als wir damit fertig sind, gehen wir zusammen ins Bad und bauen uns vor dem Spiegelschrank auf. Es ist ziemlich witzig, wie wir da alle vier herausgrinsen, mit jeweils einer bunten Strähne an der Schläfe. Mein Kopf unterscheidet sich eigentlich nicht wesentlich von den anderen drei Köpfen.

»Du, Franzi, ist dein Bruder da?«, fragt Britta endlich.

Mir selbst hat die Frage schon lange auf der Zunge gelegen. Aber ich hab ja gewusst, dass Britta sie früher oder später stellt.

Franziska winkt uns mitzukommen und wir gehen Torsten besichtigen. Er hört uns nicht, weil er mit dem Rücken zur Tür sitzt und weil sein Computer rauscht. Ich sehe von ihm weit weniger als von Lukas, nur den Hinterkopf und die Schultern vor dem Bildschirm. Torstens rechte Hand arbeitet unglaublich schnell auf den Tasten herum. Seine Haare sind länger geworden und kräuseln sich im Nacken noch stärker als beim letzten Mal. Und eine weitere Steigerung: Wenn Torsten mich bei Oma nur mit einem verhuschten Blick gestreift hat, so sieht er mich diesmal überhaupt nicht! Daraus schließe ich, dass er wahnsinnig in sein Computerspiel vertieft ist. Ich begreife außerdem, dass er lieber am Computer sitzt als am Klavier. Es hat also wenig Sinn, seinetwegen Omas vierhändige Stücke wieder einzuüben. Daran habe ich nämlich schon gedacht. Aber auch gut. Ich will sowieso nicht Klavier spielen.

Eine ganze Weile stehen wir in der offenen Tür. Dann fangen wir auf ein Kommando von Denise hin gemeinsam zu hüsteln an. Torsten zuckt zusammen, dreht sich auf seinem Stuhl ein wenig um, erblickt vermutlich acht Mädchenfüße, denn er besichtigt nur den Fußboden, dann kehrt er in seine vorherige Haltung zurück und versucht hektisch, den Zeitverlust von zweieinhalb Sekunden wieder aufzuholen.

Das ist alles. Franziska grinst und geht.

»Tooorsten«, flötet Denise.

Keine Reaktion.

»Haaallo«, versucht es Britta.

Torsten stellt sich taub. Und so, wie er den Gehörlosen spielt, spiele ich die Gleichgültige und unterdrücke jede Anwandlung, mich irgendwie bemerkbar zu machen. Aber ich denke mir meinen Teil.

Als wir wieder bei Franziska im Zimmer sind, erzählt sie uns, was Torsten in den Sommerferien vorhat: Er will in ein Computercamp. Da weiß ich endgültig, dass ich auf die vierhändigen Klavierstücke verzichten kann. Ein Mädchen, mit dem Torsten reden wird, muss sich für Computer interessieren. Eine Erkenntnis, die ich aber schön für mich behalte.

Britta schwärmt auf dem ganzen Heimweg davon, wie gut Torsten von hinten aussieht. Sie will eine Fete geben und ihn einladen, noch bevor er in sein Camp entschwindet.

Ich wünsche ihr im Stillen viel Glück und klammere mich hoffnungsvoll an meine Beobachtungen. Ob Torsten überhaupt auf Feten geht? Eher nicht.

Von Computerspielen und vom Singen

Es ist ernster, als ich dachte: Mein Vater macht Dauerläufe. Das hat er noch nie zuvor getan. Er steht morgens extra eine Stunde früher auf, um das wegzulaufen, was er sich am Abend zuvor angefressen hat (seine Worte!). Er muss verzweifelt sein und Oma taugt auch nur zum Beschwichtigen, sie kann ihm überhaupt nicht helfen. Sie hat die Tourneeunterlagen von der Agentur bekommen, einschließlich sämtlicher Telefonnummern. Aber mein Vater ist zu stolz, um sie zu verwenden. Er wartet anscheinend darauf, dass meine Mutter ihm freiwillig ihre Nummer gibt und ihn liebeskrank anfleht, sie anzurufen.

Das hat sie bis jetzt nicht getan. Dabei sind wir schon in der zweiten Woche der Tournee (drei Wochen dauert sie). Ich war selbst dabei, am Sonntagabend, als meine Mutter sich endlich wieder mal meldete. Zuerst war mein Vater dran, dann wollte sie mir einen Gruß sagen. Wir tauschten also ein »Hallo, wie geht's dir?« aus.

Mein Vater grapschte bereits ungeduldig nach dem Hörer. Ich sagte Mama, dass ich ihr Papa wieder geben würde. Aber da hatte sie es plötzlich ganz eilig, weil das Konzert ja gleich beginnen würde. Sie bat mich nur noch, ihn zu grüßen. Und dann hat sie uns wieder keine Nummer hinterlassen.

In der darauf folgenden Nacht aß mein Vater den Kühlschrank leer. Und am Montagmorgen fing er dann zu rennen an.

Seitdem klagt er über seine Fresssucht und darüber, dass Jogging auch nichts bringt: Noch kein Gramm habe er abgenommen. Über seinen wahren Kummer spricht er nicht. Wenn er ein Wort sagen würde, könnte ich ihm antworten, dass er keine Gespenster sehen soll. Aber er zieht mich nicht in sein Vertrauen, sondern guckt mich nur immer gequält an und jammert über sein Gewicht.

Einmal habe ich ihn mit Oma flüstern hören. Ich habe nicht alles verstanden. Nur so viel, dass sie sich bloß nicht unterstehen soll, Alicia anzurufen. Sonst wird sie was erleben. Und er meine das ganz im Ernst.

Daraufhin hat sich Oma gekränkt zurückgezogen. Sie wird sich hüten sich einzumischen, hat sie gesagt.

Also das große Schweigen der Erwachsenen. Meine Angst ist denen völlig egal! Sie behandeln mich, als wäre ich nicht davon betroffen, dass Mama vermutlich mit Ken was hat.

Verdammt! Meine Mutter soll sich gefälligst zusammenreißen. Es ist schließlich ein Unterschied, ob man mit dreizehn in mehrere Typen verknallt ist oder mit fünfunddreißig und als verheiratete Frau (noch dazu, wo Ken zehn Jahre jünger ist als sie)! Oder nicht?

Ach, ich kenn mich überhaupt nicht mehr aus. In der Situation ist es nur gut, dass ich meinen Vater neuerdings jeden Tag mit dem Computer quäle, das bringt uns beide auf andere Gedanken. Wir probieren immer wieder die paar Spiele, die ein Freund ihm besorgt hat, nachdem der ihm letztes Jahr den Computer eingerichtet hatte. Mein Vater ist nicht ganz bei der Sache, er tut es wirklich nur mir zu Gefallen. Deshalb schaffe ich meistens viel mehr Punkte als er. Könnte echt Spaß machen.

*

Ich habe überlegt, ob ich Franziska zum Schein um etwas bitten soll. Um einen Tipp von ihrem Bruder nämlich, für ein gutes Computerspiel. Das Zeug, das mein Vater hat, ist ja richtiger Kinderkram, Memory, Geschicklichkeitsspiele, all so was. Zufällig habe ich auf Torstens Bildschirm gelinst und dort ganz was anderes entdeckt. Wenn ich nun mit meiner Frage nach einem guten Spiel Torsten signalisiere: Da ist eine in der Klasse meiner Schwester, die interessiert sich für Computerspiele – was passiert dann? Speist er mich mit einem Tipp ab oder wird er vielleicht neugierig auf mich?

Etwas stört mich an meinem Plan. Dass die Sache über Franziska laufen muss. Mit Franziska weiß Denise dann Bescheid und Britta kriegt auch gleich alles mit. Ich will aber, dass mein Interesse an Torsten geheim bleibt, ich mach mich doch nicht zur Witzfigur.

Deshalb lasse ich den Gedanken an Franziska fallen und entscheide mich für Plan Nummer zwei. Ein Anruf bei Oma bestätigt mir, dass Torsten heute Nachmittag Klavierstunde hat. Ich ziehe mein Sonnenuntergangshemd und die rosa Hose an und wasche mir noch schnell die Haare, obwohl ich die erst am Morgen für Ulrich gewaschen habe. Ein bisschen Wimperntusche und Abdeckcreme für drei Pickel, das war's.

Ich fahre zu Oma. Dort platziere ich mich auf der Stufe vor ihrer Haustür. Das ist eine gute Position. Denn einer, der immer nach unten guckt, kommt auf diese Weise kaum um meine grünen Augen herum.

Als Torsten die Tür von innen öffnet, macht mein Herz einen Satz. Aber sonst bin ich ganz ruhig, wenigstens äußerlich. Unsere Blicke treffen sich. Meiner strahlt nach oben, der von Torsten prallt dagegen und weiß nicht wohin.

»Hallo«, sage ich und rücke so weit zur Seite, dass Torsten bequem die Tür zumachen kann.

Er fasst sich schnell. »Hallo«, sagt er heiser und beeilt sich mit der Tür.

»Ich hab auf dich gewartet«, presche ich vor. Es geht nicht anders, der Typ haut mir sonst gleich ab. Mein Gesicht glüht, aber ich zeige neben mich auf die Stufe. »Hast du einen Moment Zeit, Torsten?« Weiterreden. »Ich wollte ... ich wollte dich was fragen. Wegen einem Computerspiel.«

Torsten hat die Noten umklammert, als fürchte er, ich könnte sie ihm entreißen. Beim Wort Computerspiel lockert er allerdings seinen Griff abrupt. Er schiebt sich die Noten unter den Arm und peilt ohne Problem die Stufe zu seinen Füßen an.

»Welches?«, fragt er interessiert.

Ha! O Mann! Ich fühle mich wie Aladin, der mit dem Sesam-öffne-dich in den Berg gekommen ist. Zauberworte können so einfach sein!

Ich rücke in meine Ecke und warte, bis Torsten sitzt. Dann erzähle ich ihm meine Story. Dass ich total auf Computerspiele abfahre und dass es bei mir zu Hause leider nur Kinderkram gibt. »Übrigens heiße ich Madeleine«, gebe ich etwas verspätet bekannt.

»Ich weiß«, sagt er. »Du warst schon mal hier. Deine Oma,

oder?« Er zeigt mit dem Daumen über seine Schulter, wo zwar nicht meine Oma, aber ihre Haustür ist.

Ich nicke und verschweige Torsten, dass ich schon fast in seinem Zimmer war, hinter ihm, in der Tür. Mein Gefühl sagt mir, dass er davon nicht begeistert wäre. Ich verkneife mir überhaupt, Franziska zu erwähnen. Brüder haben für die Freundinnen ihrer Schwestern nicht viel übrig, wie ich bei Britta und Lukas beobachten kann.

»Und du stehst doch auf Computerspiele«, mache ich weiter.

Seine Augen sind braun und werden für einen Moment ganz schmal. Wahrscheinlich fragt er sich gerade, ob er meiner Oma von seinen Computerspielen erzählt hat – oder wie sonst könnte ich davon wissen? Er vergisst aber dieses ungelöste Rätsel schnell, als ich ihm alle meine Spiele aufliste. Er lächelt zuerst herablassend und zuletzt richtig geringschätzig.

»Ja, eben«, seufze ich zufrieden. »Nichts Gescheites dabei, dummerweise.«

»Mit so was gebe ich mich nicht ab. Das ist was für Warmduscher. Nee.«

»Sag ich doch«, bekräftige ich. »Also, was ist dann gut?«

Torsten zuckt mit den Schultern. »Was Richtiges eben. Dazu brauchst du einen schnellen PC mit 3D-Karte, weiß nicht, ob du den hast. Es gibt gute Action-Adventure, Strategie Jump & Run und Shooter …«

Auf einmal kann er reden! Ich schaue ihn groß an und frage mich, ob er meine grünen Augen schon bemerkt hat.

»So was, wo du mit 'ner Magnumwumme auftrittst und zum Beispiel einen Haufen Dinos final umlegst, die verspachteln sonst die ganze Bevölkerung und dich sowieso auch …«

»Hast du so ein Spiel?«, hake ich ein, bevor er noch weiter ins Detail geht. Denn ganz ehrlich, ich glaube nicht, dass ich davon unbedingt mehr hören will. Ich hab's ja nicht auf sein Spiel, sondern auf ihn abgesehen.

»Mehrere«, sagt Torsten. Danach schweigt er sich wieder aus – ich hab ihn abgewürgt. Mit erstaunlich schönen Händen dreht er seine Noten hin und her auf der Suche nach was furchtbar Interessantem. Da ist aber nichts. Und weil wir das beide wissen, wird die Stille etwas unangenehm.

Während ich krampfhaft überlege, wie ich Torsten dazu kriege, dass er mir von selbst seinen Computer zeigt, sage ich das Erstbeste, was mir einfällt: »Ich spiele nicht mehr Klavier.«

»Hast du mal?«, fragt Torsten und schaut flüchtig hoch.

»Ja, sicher.« Ich sehe zufällig meine dicken Finger und wickle sie schnell in den Hemdsaum.

Torsten zieht ein langes Gesicht. »Ich will auch damit aufhören. Aber meine Mutter lässt mich nicht«, sagt er trübe.

Ach, so ist das? Interessant. Darüber können wir doch auch reden – von mir aus muss es nicht der dumme Computer sein. Mir fällt ein, was mein Vater über ehrgeizige Eltern gesagt hat. Dass die, wenn sie selbst was nicht erreicht haben, ihre Kinder darauf trimmen.

»Kann es sein«, sage ich mutig, »dass deine Mutter mal selbst Klavier spielen wollte und es irgendwie nicht geschafft hat?«

Da schießt mir Torsten endlich einen Blick zu, einen Killerblick allerdings. »Genau! Dauernd jammert sie, dass sie die Chance nicht gekriegt hat«, legt er los. »Und dass ich sie habe und nicht genug nütze …«

»Meine Mutter ist Konzertpianistin«, werfe ich ein.

»Ach du Scheiße!« Torsten fährt entsetzt in seine Ecke zurück, von wo er mich voller Grauen beäugt.

Ich lache hell auf. »Nee, Mann, das ist gut. Deshalb lässt sie mich ja in Ruhe!«

Er schaut mich an, als hätte ich eine Schraube locker. Dann steht er sehr plötzlich auf, noch während ich Luft hole, um ihm die Ehrgeizige-Eltern-Theorie meines Vaters zu erklären.

»Ich muss los.«

Das darf ja nicht wahr sein – wo wir doch noch gar nichts ausgemacht haben!

»Aber … aber das Spiel!«, stottere ich.

»Was?« Er dreht sich noch einmal um.

Ich komme mühsam auf die Beine. Sie waren so lange angewinkelt, dass meine Knie nicht mehr funktionieren. Die Hose spannt darüber und man sieht, wie fett sie sind. Ich ziehe mein Hemd nach unten, so weit es geht.

»Ein … so ein Spiel«, sage ich dämlich und spüre, wie ich rot anlaufe.

»Ich weiß ja nicht, was du willst. Soll ich dir mal ein Heft mitbringen? Mit den Beschreibungen der besten Spiele?«

Gedanken lesen kann Torsten nicht. Denn von einem Heft mit Beschreibungen für Computerspiele träume ich keineswegs. Aber wie mache ich ihm das klar?

»Wenn du meinst …«, sage ich gedehnt.

»Ich bring's nächstes Mal mit.« Damit beendet Torsten unsere Konversation und ist wieder der schüchterne Typ, der er immer war. Kaum dass sein Blick mich noch streift, als er »tschüs« murmelt.

Bis nächste Woche also. Kein Sieg auf der ganzen Linie, nur ein guter Start. Das ist immerhin mehr, als Britta bis jetzt verzeichnen kann. Denn auf ihre Fete kommt Franziska allein, ohne Bruder. Der habe keine Lust, tja, wie immer eben. Franziska hat es Britta grinsend berichtet. Britta will allerdings noch nicht aufgeben.

Ich läute bei Oma. Sie muss es mir unbedingt sagen, falls sie vorhaben sollte, Torstens Klavierstunde wieder mal zu verlegen. Denn sonst platzt meine Verabredung.

*

Während die Tournee meiner Mutter zu Ende geht und mein Vater immer verrückter wird (er läuft jetzt zweimal am Tag), bin ich von was Neuem besessen: vom Singen. Daran ist Ulrich schuld. Das kam so: Zu Beginn der letzten Musikstunde erzählte er uns, dass er ein Musical komponiert hat. Die Proben dafür sollen im Herbst starten, aber Ulrich will jetzt schon die Rollen verteilen. Dazu braucht er Leute aus verschiedenen Klassen, denn in einer einzigen Klasse gibt es ja nicht so viele gute Stimmen. Ein Vorsingen ist geplant. Wer dazu die Noten haben wolle, meinte Ulrich, der solle nach der Stunde noch kurz hier bleiben.

Er brachte das alles in seinem ruhigen, kühlen Ton vor. So, als wäre sein Musical die langweiligste Sache der Welt. Er erwähnte noch nicht mal, um was es darin geht. Man konnte fast denken, er wäre überhaupt nicht daran interessiert, dass sich jemand aus unserer Klasse meldet.

Aber dann machte er was, das mein Herz einen Schlag aussetzen ließ. Er guckte die Sitzreihe der Mädchen entlang und blieb mit den Augen an mir hängen, für mindestens – schätze ich mal – vier Sekunden. Ich wollte schlucken und konnte nicht, mangels Spucke. Es ging erst, nachdem er aufgehört hatte, mich anzustarren.

Als Ulrich dann mit der Mädchenreihe durch war, hob er den Blick und sah flüchtig nach hinten zu den Jungen. Wirklich so kurz, dass es schon fast eine Beleidigung war. Keiner von denen braucht vorzusingen, das ist klar.

Danach fing Ulrich ganz normal mit dem Unterricht an, mit Harmonielehre. Er wiederholte die Dur- und Molltonarten. Die Mädchen stöhnten und waren im Moment überhaupt nicht in ihn verliebt. Die Jungen, die es ja noch nie gewesen waren, versanken in Tiefschlaf.

Ich war auch nicht recht bei der Sache, konnte nicht mal mehr eine große Terz von einer kleinen unterscheiden. Denn Ulrichs seltsamer langer Blick verfolgte mich. Was hatte der zu bedeuten? Nur dass ich mich unbedingt zum Vorsingen melden soll? Oder vielleicht gar, dass ich … Meine Einbildung schlug Saltos. Ich fing an zu träumen, dass Ulrich mich für die Hauptrolle in seinem Musical haben will. Singen kann ich schließlich, keine Frage.

Nach dem Unterricht blieben die meisten Mädchen da. Nur Heidi, Aysun und Rahime nicht. Britta flüsterte mir zu: »Ich warte draußen auf dich.« Dann ging auch sie.

Ulrich lächelte etwas verkrampft, als er sah, dass so viele geblieben waren. Er kramte in seiner Tasche. »Ich habe nur ein paar Abzüge«, sagte er und verteilte Blätterbündel mit Songs darauf. »Könnt ihr euch bitte immer zu zweit zusammentun? Es reicht nicht für alle.«

Eine Kopie behielt er bis zuletzt in der Hand. Die gab er

mir. Mit einem Blick, der mir durch Mark und Bein ging. »So, Madeleine, hier«, sagte er.

Danach wandte er sich freundlich an alle. »Wenn euch die Handlung des Musicals interessiert, dann besorgt euch das Andersen-Märchen von der kleinen Seejungfrau. Lest das und ihr wisst Bescheid. Verwechselt es nicht mit Arielle, dem Disney-Film! Den Termin fürs Vorsingen sage ich euch noch.« Wir waren entlassen.

Was einen an Ulrich verrückt machen kann, ist seine unterkühlte Art. Wo er doch so hinreißend aussieht! Vielleicht will er nicht, dass man sich in ihn verliebt? Gerade mal in der Schubertstunde hat er etwas Gefühl gezeigt. Wahrscheinlich ist er ein Fan von Schubert.

Kaum waren wir draußen, da wurde schon lautstark gemeckert. Ein Märchen! Wer interessierte sich denn in unserem Alter noch für Märchen?

Britta, die auf mich gewartet hatte, sagte, sie sei froh, dass sie nicht singen könne. Heidi, Aysun und Rahime waren bei ihr geblieben und nickten bei jedem Wort. Ehrlich gesagt weiß ich nicht, wie die drei singen. Sie tun es so verschüchtert und verklemmt, dass man fast nichts hört. Für ein Musical sind sie auf keinen Fall geeignet.

Schnell steckte ich meine Noten ein, damit ich sie mit keiner anderen teilen musste. Ich konnte es kaum erwarten, nach Hause zu kommen. Die kleine Seejungfrau, das war bestimmt eine ganz wunderbare Rolle.

Und seitdem übe ich. Für die Computerspiele mit meinem Vater, diesen Memory-Kram, bleibt mir keine Zeit mehr. Sie nützen mir sowieso nichts bei Torsten.

Überhaupt glaube ich jetzt wieder, dass ich hauptsächlich

Ulrich liebe. Singen ist auch viel leichter als am Computer durchblicken.

Mit Ken, in den ich ja auch mal verknallt war, habe ich vielleicht was gemeinsam. Eine Stimme, mit der man gewisse Leute verzaubern kann – Musiklehrer zum Beispiel. Oder?

Von Frau Nacktarsch und der kleinen Seejungfrau und vom Kummer meines Vaters

Oma hat das Märchen von der kleinen Seejungfrau in ihrem Bücherregal, ich soll es mir holen. Das trifft sich gut, denn ich will ja sowieso zu Torstens Klavierstunde hin.

Es regnet und ich kann mich diesmal nicht bei ihr auf die Stufen setzen. Also läute ich. Ich bin zu früh dran und darf mir aussuchen, ob ich in der Küche warten oder Torsten zuhören will. Natürlich entscheide ich mich fürs Zuhören. Es gibt mir die Gelegenheit, Torsten ausgiebig zu betrachten, wenn auch wieder mal nur von hinten.

Er überprüft mit einem flüchtigen Blick, was ich für Schuhe anhabe. Dann spielt er weiter. Sein Nacken, wo sich die Haare kräuseln, ist dunkelrot. Das war er vorher wahrscheinlich noch nicht. Und seine Finger – zittern die vielleicht?

Ich habe es gut, ich kann mich auf Omas Sofa zurücklehnen, ohne ein heißes Gesicht zu kriegen. Die Puppe Vera mit dem fetten Balg trägt heute ein anderes Kleid und darunter ein bauschiges Spitzenhöschen, das bis über ihre Knie reicht. Ich bedauere, dass solche Hosen aus der Mode sind. Denn darin würde jede dick aussehen. Überhaupt war früher die Kleidung netter zu den Dicken. Man musste sich zum Beispiel nicht im Badeanzug sehen lassen, wenn man nicht wollte. Behauptet Oma.

Ich setze Vera auf ihr Kissen zurück und wende mich wieder Torsten zu. Er spielt wirklich nur mäßig. Wenn man die Hände meiner Mutter schon mal beobachtet hat …

»Macht dich Madeleine nervös?«, fragt Oma mit äußerst großem Taktgefühl. »Aber warum denn?«

Torsten zieht das Genick ein und seine Finger werden noch steifer. Sie treffen keinen Ton mehr.

Oma hat endlich die Güte, ihn zu erlösen. »Lassen wir's für heute, Torsten.«

Torsten rafft seine Sachen zusammen. Dann schaut er sich über die Schulter und mit gesenkten Augen nach mir um und streckt ein paar bunte Zeitschriften in meine Richtung.

»Hey!«, sage ich überschwänglich. »Dass du daran gedacht hast!« Ich lehne mich an den Tisch, so sehe ich vorteilhafter aus als auf dem Sofa. Heute habe ich wieder das Dunkelblaue an, das mit der Insel. Obwohl ich nicht abgenommen habe, bin ich in einer brauchbaren Stimmung. Die hält schon an, seit Ulrich mich so intensiv gemustert hat. Ich freue mich wahnsinnig auf das Musical. Deshalb habe ich kein Problem mehr mit Torsten. Ich kann die Hand nach seinen Heften ausstrecken, ohne dass meine Finger zittern. »Damit kenne ich mich aber bestimmt nicht aus. Erklärst du mir ein paar von den Spielen?«

»Steht alles drin«, murmelt er.

»Aber du wolltest mir doch was empfehlen!«

Oma beobachtet von der offenen Terrassentür aus, wie es draußen schüttet. »Lasst euch Zeit«, sagt sie, »jetzt könnt ihr sowieso nicht hinaus.«

Ich lächle Torsten einladend an und knie mich vor dem Couchtisch nieder, um in den Heften zu blättern.

Er beugt sich immerhin runter und zeigt auf dies und das,

und je mehr Spiele es werden, desto mehr taut er auf. Beim zweiten Heft kniet er schon neben mir. Auf dem Cover des dritten produziert sich eine virtuelle Lady, die gigantische nackte Kurven hat, vor allem hinten. Innen im Heft ist sie noch einmal, aber kleiner.

Torsten, der wahrscheinlich gar nicht bemerkt hat, wie ich beim Anblick der Lady zurückgezuckt bin, räuspert sich. »Äh, das ist im Augenblick das beste, äh, für mich. Du bist in dem Spiel voll der Böse und du hast lauter gemeine Helfer, die da.« Er deutet flüchtig auf eine Reihe von finsteren Gestalten, darunter auch Frau Nacktarsch, die, wie ich sehe, *Eiserne Jungfrau* heißt.

»Du kannst die Guten foltern oder aushungern, und wenn du sie abgemurkst hast, werden sie Skelette oder Vampire, hier.«

Da schiebt sich jemand zwischen uns – Oma. Sie starrt das Heft ungläubig an. »Was habt ihr denn da?«, flüstert sie entsetzt.

»Das sind nur Computerspiele«, beruhige ich sie.

»Es sieht aber wie Pornos aus!«

»Nein.« Torsten lacht betreten.

»Das will ich hier lieber nicht mehr sehen«, sagt Oma mit ihrer Lehrerinnenstimme.

Torsten, der mittlerweile eine ganz normale Farbe angenommen hatte, wird ziemlich rosig. Er packt seine Hefte zusammen und drückt sie mit den Noten an sich. »Ich geh dann«, murmelt er. »Das bisschen Regen … äh, auf Wiedersehn.«

Oma nickt ihm grüblerisch zu, als käme sie eben langsam darauf, warum er so schlecht Klavier spielt.

»Warte.« Ich folge Torsten in den Flur. Die Sache mit Oma ist mir peinlich, aber sie hat mir das Stichwort geliefert. »Erwachsene haben keine Ahnung«, flüstere ich verschwörerisch. »Können wir nicht bei dir daheim …«

Torsten würgt seine Füße in die Schuhe, ohne die Hände zu Hilfe zu nehmen. »Du kannst ja kommen«, murmelt er.

»Jetzt?«

Er hat schon die Türklinke in der Hand. »Heute ist es schlecht. Meine Mutter hat ihren freien Nachmittag. Wenn sie da ist, darf ich am Computer nur was für die Schule tun.«

»Ach …!«, sage ich erfreut. Das ist mir ja viel lieber als seine komischen Spiele!

Torsten hat keine Antenne für meine Wünsche. »Aber sonst ist sie meistens weg«, sagt er knapp. »Tschüs dann.«

Die Tür schließt sich hinter ihm. Ich gucke hin, mit demselben Gesichtsausdruck, den Oma vorhin hatte. Nur grüble ich darüber nach, ob das jetzt eine Einladung war oder nicht.

*

Das Märchen von der kleinen Seejungfrau ist wunder-wunderschön!

Ich lese es mit Oma zusammen und wir weinen beide ein bisschen. Darüber vergesse ich Torsten restlos. Draußen prasselt der Regen nieder und wir haben es sehr gemütlich. Oma hat mich übrigens gebeten, ihr die Geschichte vorzulesen, ihre Augen seien etwas angegriffen vom vielen Unterrichten. Das ist nichts Neues. Trotzdem glaube ich, dass sie mir was vorspielt. Sie will mich laut lesen hören, um sicherzugehen, dass sich die angeblichen Pornobilder nicht in meinem Kopf einnisten. Na, sowieso nicht! Das Märchen fesselt mich von der ersten Zeile an. Ich verstehe, warum Ulrich den Stoff vertont hat.

Die kleine Seejungfrau lebt mit ihrem Vater, dem Meerkönig, mit ihrer Großmutter und ihren fünf schönen Schwestern tief unten im Meer, in einem Schloss. Mit fünfzehn darf sie zum ersten Mal aus dem Wasser auftauchen. Dabei rettet sie gleich den schönen Prinzen, der sonst ertrunken wäre. Aber er weiß nichts davon, er ist ohnmächtig. Sie verliebt sich natürlich in ihn und kann ihn nicht mehr vergessen. (Oh, wie wunderbar!)

Das Problem der kleinen Seejungfrau ist, dass sie einen schuppigen Fischschwanz hat anstelle von Beinen. Ihre Schönheit, ihre herrliche Stimme, das alles nützt ihr nichts, so lange sie nicht auf Menschenbeinen zum Prinzen gehen kann. Die Einzige, die ihr helfen kann, ist die hässliche alte Meerhexe. Aber die will für ihren ekligen Zaubertrank als Gegenleistung die Stimme der kleinen Seejungfrau haben, denn niemand sonst kann so schön singen.

Der Tausch wird gemacht. Jetzt geht die kleine Seejungfrau zu ihrem Prinzen, aber sprechen kann sie nicht mehr und singen auch nicht. Der Prinz liebt sie trotzdem, nur heiraten will er eine andere. (Ich kann es nicht glauben! Ich hasse ihn!)

Tatsächlich findet er seine Wunschbraut. Die kleine Seejungfrau weiß, dass am Morgen nach der Hochzeit ihr Herz brechen wird, sie muss zu Schaum auf dem Wasser vergehen – das hat ihr die Hexe bereits gesagt.

Da tauchen in letzter Minute ihre Schwestern aus dem Meer auf. Sie haben ihre schönen langen Haare der Hexe überlassen und bringen dafür einen Dolch mit. Den soll die kleine Seejungfrau dem Prinzen ins Herz stoßen, dann kann sie am Leben bleiben und mit einem neuen Fischschwanz zu ihrer Familie zurückkehren. (Sie soll es tun, er hat es verdient! Sie soll nicht warten, bis es zu spät ist, bis die Sonne aufgeht, o mein Gott!)

Aber die kleine Seejungfrau küsst den Prinzen nur, dann stürzt sie sich ins Meer und wird beim ersten Sonnenlicht zu Schaum. (Dass sie sich danach zu den Töchtern der Luft erhebt, ist kein Trost für mich. Ich bin sehr unglücklich.)

*

Am Abend bevor meine Mutter von der Tournee zurückkommen soll (Freitagabend), singe ich lauthals in meinem Zimmer. Plötzlich klopft es. Die Tür geht auf, es ist mein Vater. Schweißtriefend, im T-Shirt und in kurzer Sporthose. Bächlein rinnen über sein rotes Gesicht. Er gibt meinem Sessel einen nervösen Schubs und verkündet, dass er jetzt zuerst duschen und danach mit mir musizieren will – zu essen gibt es heute nichts mehr.

Schöne Aussichten! Ich fahre ein doppeltes Wurstbrot ein, während die Dusche rauscht.

Mein Vater macht seine Drohung tatsächlich wahr. Keine Pizza, nicht mal Spaghetti Napoli oder eine Scheibe Brot, gar nichts. Damit er durchhält, beschäftigt er sich angelegentlich mit den Songs, die Ulrich komponiert hat. Er guckt sich die Noten genau an. Zwei von den Liedern singt die kleine Seejungfrau, es sind die schönsten und ich kann sie auch am besten. Zuerst bejubelt die kleine Seejungfrau die wunderbare Welt über dem Wasser. Danach kommt ein Liebeslied für den Prinzen, den sie soeben gerettet hat. Ein herrlicher Song! Ein paar Lieder singen ihre Schwestern gemeinsam, eines der Meerkönig, eines die Großmutter und eines die hässliche alte Meerhexe. Das Lied des Prinzen drückt die Sehnsucht nach einer Braut aus und ich hasse es. Gut, dass ich für diese Rolle als Mädchen gar nicht in Frage komme!

»Gute Lieder«, sagt mein Vater. »Modern, nicht kitschig. Dein Lehrer hat keinen schlechten Geschmack.« Er setzt sich an den Flügel. »Los, Madeleine.« Er zeigt auf das erste Lied der kleinen Seejungfrau, das ich längst auswendig kann. »Wie wär's damit für den Anfang?«

Mein Vater spielt eine Begleitstimme, die gar nicht auf dem Blatt steht. Als Lehrer am Konservatorium kann er das eben. Ich singe vom Himmel, der sich über dem Meer wölbt und den ich heute zum ersten Mal sehe, von ziehenden Wolken, von Segelschiffen, von Vögeln, die sich wie Pfeile ins Wasser stürzen, von funkelnden Sonnenstrahlen und vom silbernen Mondlicht. Die Welt ist sooo schön!

Mein Vater lächelt mir zu. Ich sehe, er denkt gerade überhaupt nicht an seinen Kummer. Irgendwie sind wir beide richtig glücklich. Und erst beim Liebeslied! Ich singe es mit dem ganzen Gefühl, das in mir drin ist, obwohl Leute wie Oma mich für zu jung halten. Ich bin voller Liebe für den Prinzen und weiß doch schon, dass er mich sterben lassen wird. Fast könnte ich wieder weinen.

Mein Vater fängt an mitzusummen. Seine rechte Hand spielt verliebte Ranken um die Melodie herum, und als wir mit der letzten Strophe fertig sind, guckt er lange sinnend aufs Blatt.

»Diese Texte …«, sagt er und schüttelt den Kopf. »Madeleine, du hast da, glaube ich, einen genialen Lehrer. Wenn die Texte auch noch von ihm sind … Wirklich schön.«

Ich nicke glücklich. *Natürlich* ist Ulrich genial, weiß ich doch längst.

Mein Vater will jetzt die anderen Songs hören. Beim Lied der Meerhexe donnert unter seiner linken Hand das ganze Meeresgrollen aus dem Flügel, samt Wasserschlangen und Polypen, die sich vor dem Knochenhaus der Meerhexe winden. Ich kann gar nicht anders als kreischen, sonst hört man mich nicht mehr.

»Gut!«, ruft mein Vater und bearbeitet die Tasten. Wir haben echt Spaß damit.

Ganz zuletzt wünscht er sich noch einmal das Liebeslied der kleinen Seejungfrau. Wir singen es gemeinsam und ich bin mir nicht sicher, ob es in den Augen meines Vaters dabei nicht feucht glitzert.

Danach sagen wir uns ein bisschen verlegen gute Nacht und gehen schlafen.

Ob Singen durstig macht? Jedenfalls muss ich nach einer Weile noch einmal aufstehen, um etwas zu trinken. Die Tür meines Vaters ist angelehnt und er hat kein Licht mehr brennen. Leise tappe ich zur Küche. Der Mond und die Straßenlampe zusammen beleuchten schwach mein Glas, das noch auf dem Tisch steht. Ich leere es in einem Zug. Dann schleiche ich ebenso leise zurück. Am Zimmer meiner Mutter stockt mir plötzlich der Fuß. Höre ich was? Für einen Moment ist mir, als wäre meine Mutter da drinnen. Aber das kann ja nicht sein, sie trifft erst morgen ein! Ich schüttle den Kopf über mich selber, öffne aber doch vorsichtig die Tür, um mich zu vergewissern, dass ich mir das Geräusch wirklich nur eingebildet habe.

Das Mondlicht fällt aufs Bett. Mein Herz macht einen Satz: Das Bett ist nicht leer. Mein Vater liegt drin, und zwar auf dem Bauch, er umarmt das Kopfkissen meiner Mutter und schluchzt hinein.

Ich stehe wie angewurzelt da, halte die Luft an und finde die Szene viel, viel intimer, als wenn ich mitten in einen Liebesakt meiner Eltern reingeplatzt wäre. Meine Hände zittern, als ich die Tür geräuschlos zuziehe.

Ich kann lange nicht einschlafen. In dieser Nacht träume ich von Meeresschlangen, die sich winden, und vom weißen Gesicht des Prinzen mittendrin; das drücke ich unters Wasser, aber es kommt immer wieder hoch, zuletzt ist es der große Hintern von Frau Nacktarsch.

Mir ist seltsam beim Aufwachen, irgendetwas schnürt mir die Brust zu. Wie kann ich den Prinzen ertränken wollen? Und warum hat sich sein Gesicht dabei auch noch in so was Scheußliches verwandelt??

Von einem Lächeln, das tausend Kilometer weit reicht

Mein Vater und ich hängen am Flughafen rum. Die Maschine aus Paris ist längst gelandet, aber die Passagiere hinter der Glaswand warten noch auf ihr Gepäck. Vor zwei Tagen hat uns meine Mutter ihre Ankunft mitgeteilt und bei der Gelegenheit auch erwähnt, dass Kenneth am Ende der Tournee nach England fliegen wird. Also heute.

Ken ist in England, yippee! Da gehört er hin. So nett er ist, wirklich. Da gibt's Plumpudding gratis, von seiner Mami. Der soll seine Finger von meiner lassen.

Vor uns stehen eine Menge Leute und wir haben noch nicht mal eine Haarspitze von meiner Mutter gesehen. Wir sind keine Riesen, mein Vater und ich.

Es gibt Gelegenheiten, in denen es günstig ist, noch nicht zu den Erwachsenen zu zählen. Einem Kind verzeiht man eher, wenn es sich durch die Menge zwängt. Ich blinzle meinem Vater zu, mache mich kleiner, als ich bin, und tauche zwischen zwei Ellbogen vor mir durch. Leider bin ich, wie man weiß, nicht gerade dünn und kriege deswegen einige hübsche Knüffe ab. Aber ich schaffe es bis ganz nach vorn.

Ich gucke mir die Augen aus. Da ist das Gepäckband, Leute warten davor, nur meine Mutter nicht. Sie steht auch nicht in einem der Grüppchen von Reisenden, die sich voneinander verabschieden. Und nicht bei denen, die forschend in meine Richtung durch die Scheibe schauen und ihre Angehörigen suchen.

Ich werde langsam nervös. Da entdecke ich sie. Drüben lehnt sie an der Wand, schlank und schön, ganz allein, und schaut nach draußen zu den Rollbahnen.

Ich sehe ihr Profil. Das Unheimliche ist, dass sie lächelt. Sie lächelt wie jemand, der unsagbar traurig ist.

Hier, Mama!, möchte ich rufen. *Hier bin ich, hier sind wir!*

Aber das weiß sie ja eigentlich, sie müsste nur den Kopf ein wenig drehen. Ich frage mich, was sie sieht. Nicht viel mehr wahrscheinlich als ich von hier aus. Wartende Maschinen, Bodenfahrzeuge, einen Flieger, der langsam zur Startbahn rollt. Und den Himmel bis an den Horizont.

Und da weiß ich es plötzlich. Meine Mutter schaut nach England. Denn das liegt irgendwo in der Richtung.

Es fährt mir wie ein Stich durch die Brust. Richtig weh tut das. Ich denke an meinen Vater, der sich da hinten die Augen ausguckt. Der den ganzen Samstagvormittag das Haus geschrubbt hat, der mit mir zusammen einen Kuchen gebacken und ein Gratin vorbereitet hat. Der heute nur von Kaffee gelebt und außerdem zwei Dauerläufe absolviert hat. »Eineinhalb Kilo!«, hat er gejubelt, als er von der Waage stieg.

Und jetzt lächelt meine Mutter in Richtung England.

Ich beiße mir die Unterlippe wund. Gut, dass mein Vater kein Kind ist und sich nicht nach vorn drängen konnte. Wirklich, verdammt! Das soll er nicht sehen!

*

Meine Mutter benimmt sich ganz normal. Strahlt, lässt sich die Reisetaschen abnehmen und küsst uns zur Begrüßung, meinen Vater etwas länger als mich. Was daran liegen kann, dass er sie nicht gleich wieder loslässt. Ich beobachte seine Hand auf ihrem Rücken.

Dann fahren wir fröhlich heim. Ich sitze hinter meinem Vater, damit ich meine Mutter halbwegs von der Seite sehen kann. Sie holt alles nach, was sie sich bei ihren kargen Telefonaten verkniffen hat. Wie die Konzerte waren, das Wetter, das Publikum und die Veranstalter. Die Hotels erwähnt sie auch, die waren alle gut. Kenneth hatte eine leichte Erkältung, aber man hat es nicht gemerkt.

Sie gebraucht seinen vollen Namen. Es kommt mir vor, als wäre der Kenneth, von dem sie hier redet, ein anderer als Ken, den sie noch kurz zuvor über tausend Kilometer Entfernung hinweg heimlich angelächelt hat (falls ich da nicht Gespenster gesehen habe). Als gäbe es einen Kenneth für die anderen Leute und einen Ken nur für sie ganz allein.

Ich sage wenig, was nicht weiter auffällt. Denn meine Mutter redet fast pausenlos, sie gestikuliert und lacht. Mein Vater, der den Wagen fährt, sieht oft zu ihr hin, prüfend, aufmerksam, auch lächelnd. Einmal legt er ihr die Hand aufs Bein. Sie verstummt, blickt hinunter und schluckt.

Dann benützt mein Vater seine Hand wieder zum Schalten, und sie redet weiter, als hätte jemand einen Pausenknopf losgelassen. Sie dreht sich zu mir um und will, dass ich ihr erzähle, was in den drei Wochen alles los war. Dazu schaut sie mich so verdammt aufmunternd an, dass ich schreien könnte. Ich sehe, wie viel Mühe sie sich gibt. Aber ein ehrliches Gesicht wäre mir lieber. Ein solches, mit dem sie in der Gepäckhalle in die Ferne geblickt hat.

Ich berichte vom Musical. Mein Vater unterstützt mich, indem er in den höchsten Tönen von Ulrich Falkenhauser schwärmt. Meine Mutter ist sehr interessiert, sie will die Songs unbedingt hören, vielleicht gleich morgen, wenn sie sich von der Reise etwas erholt hat. Und von den Kopfschmerzen, die auf einmal eingesetzt haben.

Zu Hause schiebt mein Vater das Gratin in den Ofen. Er entkorkt den Wein und schickt mich nach diesem und jenem. Er, der doch sonst die Ruhe selbst ist, saust herum, als hätte er ein Restaurant und fünfhundert wartende Gäste. Er fragt meine Mutter, ob sie die Reisetaschen im Zimmer haben will, ob er ihr ein Aspirin bringen soll, ob er nicht doch lieber den Tisch im Garten decken ... es sei so ein lauer Abend ... und fast keine Stechmücken ... Er reißt die Fenster auf und macht sie wieder zu, er zündet Kerzen an und versucht, das Gratin dadurch zu beschleunigen, dass er zwanzigmal in den Ofen guckt.

Ich höre meine Mutter aus ihrem Zimmer antworten, leichthin und etwas abwesend, als wäre sie voll damit beschäftigt, ihre Sachen einzuräumen. Aber zufällig sehe ich durch den Türspalt in ihren Ankleidespiegel. Sie sitzt auf dem Bett, hat das Kopfkissen im Arm, schmiegt ihre Wange hinein und wiegt es hin und her. Genau das Kissen, in das mein Vater letzte Nacht geschluchzt hat, oh, verdammt! Ihre Augen sind zu. Ihr Gesicht hat etwas irrsinnig Verklärtes. Ihre Gedanken sind tausend Kilometer entfernt, mindestens.

Ich knirsche mit den Zähnen und balle die Fäuste. Es kostet mich eine unmenschliche Anstrengung, mit einer halbwegs normalen Miene zu meinem Vater zurückzukehren. Mein Hals ist wie zugeschnürt, und das Gratin, das ich zehn Minuten später essen muss, schmeckt wie eine Mischung aus Sägemehl und Kieselsteinen. Die Kerzen und der funkelnde Wein sorgen dabei für eine fast feierliche Stimmung, die niemand durch lautes Reden zu stören wagt. Nur Blicke, ein Lächeln hin und her, ein hingeworfener Satz, ein kleines Lachen. Mein Vater macht es uns beiden leicht, unbefangen zu tun, denn er ist ahnungslos, er hat meine Mutter weder auf dem Flughafen noch in ihrem Zimmer beobachtet. Was ihn drei Wochen lang gequält hat, muss er verdrängt oder ganz vergessen haben.

Nach dem Essen schicken mich meine Eltern ins Bett und nehmen ihren Wein mit hinaus in den Garten. Ich kann beim besten Willen nicht einschlafen, es ist viel zu schwül. Ich liege in der Dunkelheit und höre die beiden draußen murmeln – gelegentlich, meistens schweigen sie. Zweimal stoßen ihre Gläser mit einem feinen Klingen aneinander. Dieses Klingen ist es, das mich beruhigt. Es hört sich so normal und friedlich an und auch eine Spur verheißungsvoll. Es ist ein schönes Geräusch. Ob ich mir vielleicht doch alles eingebildet habe?

Fast könnte ich nun einschlafen. Aber ich will wach bleiben. Ich muss wissen, ob sie in einem oder in getrennten Zimmern schlafen. Das brauche ich noch. Erst danach kann ich entscheiden, ob ich Gespenster gesehen habe oder nicht.

Ich schaffe es tatsächlich, im richtigen Moment aufs Klo zu gehen (siebter Versuch). So kriege ich mit, wie meine Mutter im Nachthemd die Diele überquert und im Zimmer meines Vaters verschwindet.

Uff! Eine herrliche Nacht! Gar nicht schwül, nur kuschelig warm. Man muss sich nicht mal zudecken und das Einschlafen ist ja überhaupt kein Problem!

Am Morgen wache ich früher auf als sonst. Hab ich jemanden rumoren hören? Gibt es vielleicht Frühstück im Garten? Ich bin sofort munter.

Bei meinem Vater steht die Tür offen, sein Zimmer ist leer. In der Küche ist keiner und im Garten auch nicht. In der Terrassenecke fehlen die Laufklamotten und die Turnschuhe meines Vaters. Er ist weg, joggen! Ich kann es nicht fassen. Wieso joggt er ausgerechnet jetzt und heute? War das etwa keine vorübergehende Verzweiflungstat von ihm, vorbei und vergessen seit der Rückkehr meiner Mutter?

In der Küche finde ich schließlich neben den schmutzigen Tellern, die noch vom Abend da stehen, den Zettel mit seiner Nachricht. Ich soll Mama schlafen lassen, sie sei geschafft von der Reise.

Ich bin wie vor den Kopf geschlagen. Warum, frage ich mich und starre den Fetzen an, warum und wann ist sie in ihr Zimmer zurückgegangen? Was ist eigentlich los? Können die Erwachsenen sich, verflixter Mist, vielleicht wenigstens mal eindeutig benehmen? Sodass man irgendwann eine Chance hat durchzublicken?

Von einem Unsichtbaren im Haus und von zwanzig kleinen Seejungfrauen

Meine Eltern nerven unsäglich. Als ob ich nicht schon genug eigene Probleme hätte! (Zum Beispiel, ob ich einfach bei Torsten aufkreuzen kann oder nicht.) Am Konservatorium sind jetzt die Jahresprüfungen und mein Vater kommt nie vor dem Abend nach Hause. Trotzdem joggt er jeden Morgen! Anstatt sich noch ein Stündchen zu meiner Mutter reinzukuscheln, haut er ab und hinterlässt Schweißklamotten und ein feuchtes Badezimmer. Am Abend fragt er dann zwanzigmal unauffällig, was so alles gewesen sei, ob jemand angerufen habe, was mit der Post gekommen sei … Manchmal hat er keinen Appetit und ein andermal schaufelt er verbissen in sich rein, was nur reingeht. Wenn er in der Diele am Telefon vorbeikommt, nimmt er den Hörer ab, drückt auf die Wiederholungstaste, schaut kurz hin und legt wieder auf.

Bis ich endlich checke, was das soll! Ich hab es ein paarmal genauso gemacht und dann plötzlich alles kapiert: Im Display erscheint die Nummer, die jemand, meistens meine Mutter, vorher gewählt hat. Wenn die Nummer mit Null-Null-Vierundvierzig angeht, muss ich gar nicht weiterlesen, das ist England.

Es kommt mir so vor, als wäre jemand Unsichtbarer im Haus. Und ich brauche nicht zu überlegen, wer das sein könnte. Obwohl kein Mensch mehr seinen Namen erwähnt.

Was meine Mutter am Vormittag tut, weiß ich nicht. Mittags ist sie da, wenn ich aus der Schule komme. Sie isst mit mir einen Joghurt oder sonst was mit wenig Kalorien, wovon ich überhaupt nicht satt werde. Sie achtet unheimlich auf ihre Figur. Und bei mir ist sie der Meinung, ich muss jetzt aufpassen, dass mir der Speck nicht erhalten bleibt. Dazu guckt sie mich aber so lieb und mütterlich an, dass ich nicht patzig werden kann.

Überhaupt ist sie jetzt oft außerordentlich sanft und weich, mit Augen, die ganz nah am Heulen sind, sodass man völlig verwirrt ist.

Aus Frankreich sind Pressemeldungen von den Konzerten eingetroffen. Meine Mutter hat sie uns übersetzt und breitet sie häufig auf ihrem Bett aus. Anscheinend liest sie sie immer und immer wieder. Wenn sie am Flügel sitzt, spielt sie Schubert. Es ist mir schleierhaft, was sie *daran* noch üben will. Das Agenturfoto von Ken, das mein Vater während der Tournee weggeschafft haben muss, bleibt verschollen und meine Mutter hat auch nicht danach gefragt, wenigstens mich nicht.

Dafür liegt jetzt manchmal wie zufällig ein kleines Foto von Ken herum, auf dem Flügel, als wäre es aus Mamas Noten gerutscht, oder zwischen allerlei Zeug in der Küche, wo es eigentlich keinem aufzufallen bräuchte. Sogar auf dem Boden habe ich es mal entdeckt, halb unter den langen Vorhang geschoben. Ein paar Minuten später war es weg. Ich weiß schon, was da abläuft.

Weil ich kein Bild von Ulrich besitze, muss ich mich mit seiner Handschrift begnügen. Ich trage mein Musikheft mit einer tollen Bemerkung von ihm mit mir rum und lege es ab und zu irgendwohin. Es springt mir dann sofort in die Augen, wenn ich an der Stelle, wo es liegt, vorbeikomme. Klar, das sollte es ja auch. So kann ich ständig an Ulrich denken, was sehr angenehm ist.

Das Abendessen macht jetzt immer meine Mutter, weil mein Vater im Moment keine Zeit dazu hat. Sie gibt sich Mühe und erzählt beim Essen von ihren Einkäufen und ihren Missgeschicken beim Kochen, fragt meinen Vater nach irgendeinem Rezept und was man tun muss, damit die Sahne in der heißen Soße nicht gerinnt.

Als gäbe es nichts Wichtigeres! Dabei kann ich beobachten, dass meine Mutter selbst fast nichts isst. Mit ihren Worten und Gesten lenkt sie davon ab, und wenn sie einen Bissen schluckt, muss sie den Kopf senken, als ginge der Brocken sonst nicht runter. In den kurzen Gesprächspausen wird ihr Blick ganz dunkel und verzweifelt. Sodass auch ich schon hektisch zu reden anfange, damit erst gar keine Pause entsteht.

Nicht auszuhalten ist das.

*

Heute Nachmittag ist das Vorsingen fürs Musical. Ausgerechnet heute, wo ich Torsten bei Oma treffen könnte! Aber da ist nichts zu machen.

Ich bin ziemlich aufgeregt. Nicht wegen meiner Stimme, sondern weil ich nicht weiß, wer kommt und wie alles ablaufen wird. Von meiner Klasse nehmen außer mir nun doch nur Melinda und Nora teil. Melinda singt gut und Nora hat langes Haar und blaue Augen wie die kleine Seejungfrau. Sie findet, das müsste genügen, weil die kleine Seejungfrau doch sowieso während des halben Musicals stumm ist.

Die anderen Mädchen haben uns ihre Noten mitgegeben. Es war ihnen zu kompliziert, lauter unbekannte Lieder und so. Ja, wenn was aus den Charts darunter gewesen wäre oder aus den Top Ten – da hätten alle mitgemacht! Denise hat es sich noch bis zuletzt überlegt. Aber weil Franziska nicht mehr wollte, gab sie mir schließlich doch auch achselzuckend die Noten mit.

Jetzt warten wir alle im Musiksaal auf Ulrich Falkenhauser, ungefähr zwanzig Mädchen aus verschiedenen Klassen und zwei Jungen. Von den Jungen ist der eine schlaksig und hässlich und der andere pummelig und hässlich. Der Pummelige und ich, wir wären das Traumpaar, wirklich! Er der dicke Prinz und ich die fette Seejungfrau, großartig. Wir hätten bestimmt den tollsten Lacherfolg, den man sich denken kann.

Ich weiß plötzlich gar nicht mehr, was ich hier soll. Nora jammert uns ununterbrochen vor, wie nervös sie ist und dass sie ohne Nervosität wirklich gut singt, vor allem, wenn eine Kassette dazu läuft.

Melinda unterbricht sie und macht uns auf die beiden Jungen aufmerksam, als hätten wir die nicht schon längst entdeckt. Sie sehen übrigens aus wie zwei, die es sich jeden Augenblick anders überlegen könnten. Wenn Ulrich nicht bald kommt, sind sie weg. Sie nähern sich schon mit ziemlich klarer Absicht der offenen Tür.

Aber zu spät, Ulrich marschiert energisch um die Ecke und beschleunigt wie immer meinen Puls. Er fängt Schlaksi und Pummel mit ausgebreiteten Armen ein und erzählt ihnen, wie sehr er sich freut, dass sie gekommen sind. Schlaksi zuckt mit den Schultern und lässt den Kopf ein wenig hängen. Pummel kriegt rote Flecken über sein ganzes rundes Gesicht. Sie sind aus der Neunten und heißen nach Ulrichs Auskunft Lennart und Maximilian. Für mich bleiben sie Schlaksi und Pummel.

Ulrich bemerkt den Notenstapel auf einem Stuhl. »Oh«, sagt er fröhlich, »die sind zurückgegangen? Das macht es überschaubarer. Außerdem kann ich euch sagen, dass die Leute, die ich haben wollte, sowieso schon alle hier sind.« Zufrieden begibt er sich zum Flügel.

Zählt er mich zu denen, die er haben wollte? Ich kann mir eigentlich nicht vorstellen, dass er eine fette Seejungfrau will. Die anderen Mädchen sind alle viel hübscher. Und lange Haare habe ich auch nicht, noch nicht mal blaue Augen. Ach, Mist!

Ulrich beginnt mit Stimmbildungsübungen. Danach bittet er uns, ungeniert das Lied vorzutragen, das wir am liebsten mögen.

Nach dieser Aufforderung kriegt er zwanzigmal das Liebeslied der kleinen Seejungfrau geboten. Auch von mir. Immerhin kann ich all die hübschen Mädchen hier glatt an die Wand singen und muss mich dazu noch nicht mal anstrengen.

Ulrich lächelt mir hinterher zu und macht sich Notizen. Aber er sagt nichts. Außer dass er uns Mädchen später noch einmal hören will.

Dann beschäftigt er sich mit den Jungen. Sie müssen den Meerkönig und den Prinzen singen, obwohl sie beide behaupten, dass sie den Meerkönig schwer finden und noch nicht richtig geübt haben.

Aha, von den beiden will jeder der Prinz sein!

Schlaksi hat eine raue, tiefe Stimme mit viel Volumen und sein Adamsapfel hüpft, dass wir uns das Kichern kaum verkneifen können. Nur mit geschlossenen Augen komme ich gegen den Lachreiz an. Ich bemerke aber auch, dass ich dabei Schlaksis lange Nase, seine Pickel, sein fliehendes Kinn und seinen komischen Adamsapfel mühelos vergesse. Denn seine Stimme, die ist echt gut.

Ulrich nickt wie einer, der es sowieso schon gewusst hat. Er bittet Pummel heraus. In Pummels Gesicht wechseln die roten Flecken ins Violette, als er neben dem Flügel steht. Dann öffnet er den Mund zum Singen.

Ich mache diesmal gleich die Augen zu, Pummels Flecken sind schon peinlich genug. Und reiße sie wieder auf – der hat ja eine Zauberstimme! Original wie ein wunderschöner Märchenprinz! So ein hässlicher, dicklicher Junge!

Als die Mädchen zu klatschen und zu trampeln anfangen, bin ich auch dabei. Ich bin ganz begeistert. Pummel verbeugt sich linkisch und ist jetzt wahrscheinlich bis zum großen Zeh hinunter violett.

Ulrich strahlt unverhohlen. Das hat er bei mir nicht getan, obwohl ich auch dick bin und gut singe. Er schaut seine Notizen an und will jetzt noch ein zweites Lied von uns Mädchen hören.

Prompt kriegt er wieder zwanzigmal die kleine Seejungfrau. Das Lied von der schönen Welt. Und reichlich wacklig, weil die meisten nur das Liebeslied richtig geübt haben. Nora hat fast überhaupt keine Stimme, ihre langen Locken und ihre blauen Augen sind verschenkt.

Keine von uns hat die anderen weiblichen Rollen eingeübt. Ich schon, aber ich sage es nicht. Denn wenn Ulrich auch nur ein bisschen gerecht ist und sich nicht von langen Haaren und ähnlichem Zubehör täuschen lässt, wenn er einigermaßen funktionierende Ohren hat, gibt er mir die Titelrolle. Ich bin neben den Jungen die Einzige, die auch auf der Bühne kein Mikro brauchen wird, das ist ziemlich klar geworden. Also halte ich nach Ulrichs Frage schön den Mund und stelle mir die lange Perücke vor, die meine Mutter mir kaufen wird.

Ulrich verdreht gequält die Augen. Er gibt zu, dass er ein dummer Anfänger ist und nicht mit zwanzig kleinen Seejungfrauen gerechnet hat. Aber er kann doch die Geschichte nicht umschreiben! Also sollen ein paar von uns, die er anschließend namentlich benennen wird, übermorgen noch einmal vorsingen. Und bitte *alle* weiblichen Rollen. Er sei sich auch bei der Besetzung der Titelrolle noch keineswegs ganz sicher.

Zu den namentlich Genannten gehöre ich. Melinda ist nicht dabei. Nora auch nicht.

*

Warum kann ich zu meiner Stimme nicht die Figur von Britta haben?

Britta wird möglicherweise bald wie Britney Spears aussehen. Auch ohne die Pille. Aber sie will nicht mehr so lange warten, sondern die Sache ein wenig beschleunigen. Von der Pille nämlich, haben wir mal gelesen, soll Britneys Busen so gewachsen sein. (Dabei nimmt Britney die Pille nur deswegen, weil davon die Pickel vergehen, stand im Heft. Gute Ausrede!)

Britta und ich haben daraufhin unsere Pickel gezählt. Zusammen brachten wir es auf siebenundsechzig, die zweiundsechzig Winzlinge auf Brittas Stirn mitgerechnet, die man nur bei bestimmtem Lichteinfall unterm Vergrößerungsglas sehen kann.

Britta ist noch am selben Abend mit dem Heft zu ihrer Mutter gegangen und wollte mit ihr über die Pille reden. Ihr Pech war, dass Lukas lauschte. Er hat Britta gefragt, warum sie die Pickel auf ihrem Busen nicht einfach ausdrückt. Woraufhin Britta ihm eine scheuerte. Er solle ihr da mal einen einzigen Pickel zeigen, einen einzigen, und zwar dalli!

Die Mutter von den beiden hat sich den Kopf gehalten und geschrien, dass man zu ihr gefälligst mit der Pille oder Ähnlichem erst kommen soll, wenn man aus dem Kindergartenalter raus sei. Jetzt wird Britta ihren kleinen Busen behalten, der für meinen Geschmack sowieso perfekt ist.

Wenn ich also meine Stimme *und* die Figur von Britta hätte, wäre alles okay. So aber ist nichts in Ordnung. Ulrich hat mir nach dem zweiten Vorsingen die Rolle der alten Meerhexe gegeben. Und mir auch noch gesagt, dass er bei dieser Rolle von Anfang an an mich gedacht habe. Großartig! Schmeichelhaft! Wunderbar! Wahrscheinlich hatte er das Bild in Omas Buch vor Augen. Einfach toll! Wenn ich bis jetzt nicht gewusst habe, wie ich *wirklich* aussehe, nun weiß ich es. Jawohl. Wie eine gigantische, monströse, hässliche alte Meerhexe.

Dafür, dass ich es jetzt weiß, sollte ich eigentlich dankbar sein. Ich muss meine Zeit nicht mehr mit Ulrich Falkenhauser vergeuden. Seine Handschrift in meinem Musikheft habe ich sofort mit einem gelben Zettel überklebt. Den kann man wieder abmachen. Aber ich glaube nicht, dass ich das will.

*

Das zweite Vorsingen hat nicht lange gedauert. Denn ein Referendar namens U. Falkenhauser war sich vorher schon über die Besetzung seines Musicals im Klaren gewesen, wie er selbst sagte. Nicht von ungefähr habe er in den letzten zwei Monaten so häufig in den Klassen vorsingen lassen! Dazu hat er dreckig gegrinst.

Schlaksi ist der Meerkönig geworden, Pummel der Prinz (ha, ha). Eine aus der Neunten namens Anna bekam die Rolle der Großmutter. Über die fünf schönen Schwestern kann ich weiter nichts sagen, als dass sie jünger sind als die kleine Seejungfrau. Dabei müsste doch die kleine Seejungfrau die Jüngste von allen sein! So steht es jedenfalls bei Hans Christian Andersen. U. Falkenhausers kleine Seejungfrau ist aber zwei bis drei Jahre älter als ihre älteren Schwestern. Sie heißt Regina und hat weder lange Haare noch blaue Augen. Sie ist so unscheinbar, dass sie mir beim Vorsingen gar nicht aufgefallen wäre, wenn nicht beim Liebeslied glitzernde Tränen in ihren farblosen Augen gestanden hätten.

Vergessen wir das.

Heute ist der heißeste Nachmittag, den wir bisher im Juli hatten. Alle Leute (außer denen, die so blöd waren, bei U. Falkenhauser vorzusingen) befinden sich im Schwimmbad, mit Sicherheit jedenfalls Britta, Franziska und Denise. Ich soll nachkommen.

Aber mir ist die Lust dazu vergangen. Die drei erfahren noch früh genug, dass ich die Rolle der kleinen Seejungfrau nicht gekriegt habe und stattdessen zum Monster befördert wurde. Ich sehe keine Notwendigkeit, das ausgerechnet auch noch im Badeanzug zu verkünden.

Heimgehen will ich aber auch nicht. Denn falls meine Mutter nicht gerade ihren geistesabwesenden Zustand hat, wird auch sie mich fragen. Selbst Oma ist informiert und drückt mir im Moment wahrscheinlich (neben ihren Schülern sitzend) noch immer die Daumen, obwohl schon alles entschieden ist. Zu ihr kann ich also auch nicht.

Übrigens, vor U. Falkenhauser habe ich mir nichts anmerken lassen, o nein! Ich war, wie sie das in Büchern nennen, *versteinert.* Ich nahm das Urteil an, ohne mit der Wimper zu zucken. Wenn er mich für seine Hauptrolle nicht will – bitte schön. Wenn er eine graue Maus besser findet – auch recht. Tränen fließen lassen? Ich doch nicht!

Aber wohin soll ich jetzt gehen?

In diesem Moment fällt mir einer ein, der garantiert nichts vom Vorsingen an meiner Schule weiß. Der sich außerdem nach hübschen Mädchen wie Britta und Denise auch dann nicht umdreht, wenn sie ihn von hinten behüsteln. Dem also die verdammte Idealfigur eines Mädchens offensichtlich so egal ist, wie sie es von jetzt an für mich sein soll.

Torsten.

Über der ganzen Singerei und meiner falschen Fixierung (auf U. Falkenhauser) habe ich ihn ein paar Tage lang fast vergessen. Jetzt aber muss ich an seinen hübschen Nacken, an seine Hände und die schüchternen Augen denken. Und daran, dass er mich praktisch eingeladen hat.

Möglicherweise ist Torsten auch im Schwimmbad. Aber falls nicht, will ich das als ein Zeichen werten. Falls er allein zu Hause sitzt, sind er und ich zwei einsame Seelen, die einander irgendwie suchen.

Mir wird nicht übel von dem kitschigen Gedanken. Ich nehme die S-Bahn zu ihm hinaus.

Von digitalen Traumfrauen und vom Warten auf die Sonnenfinsternis

Es gibt anscheinend Zeiten im Leben, die haben's in sich. Da denkt man, alles ist verkorkst, vermurkst und die Sonne scheint nie wieder.

Apropos Sonne. Ob die bevorstehende totale Sonnenfinsternis, die wir am elften August erwarten, schon ihren Schatten vorauswirft und alles negativ beeinflusst? Ich kann es mir ja nicht vorstellen, aber manche Leute fürchten sich vor dem Ereignis. Und in meiner jetzigen Stimmung bin ich fast ihrer Meinung, obwohl es natürlich reiner Aberglaube ist.

Mein Besuch bei Torsten beginnt immerhin gut. Torsten ist tatsächlich daheim, und zwar allein. Der Schreck fährt ihm in die Knochen.

Ich spiele Strahlefrau, obwohl mir das Herz bis zum Hals schlägt, und sage munter: »Hallo, Torsten. Ich würde mir gerne deine Computerspiele ansehen.«

Das Sesam-öffne-dich-Wort tut wieder seine Wirkung. Torsten erholt sich gleich vom Schreck und kommt zur Sache. Er geht mir voran in sein Zimmer, zeigt auf den Bildschirm und legt los über die Frau, die ich dort sehen kann, als hätte er sie eigenhändig erfunden. Als Schamanin besitzt sie magische Kräfte, kann Blitze schleudern, Tornados und Erdbeben auslösen oder Vulkane ausbrechen lassen. Mit dem passenden Zauberspruch überflutet sie das Land und ertränkt die

Gegner. Auf ihr Wort hin rast ein Feuerball durchs feindliche Gebiet oder es entstehen plötzlich Berge, wo vorher keine waren. Sehr beeindruckend! Was mir an der Schamanin nicht so gut gefällt: Sie ist eine absolute Kurvenfrau, Riesenbusen, Wespentaille und darunter ein Nichts von Röckchen über tollen Oberschenkeln.

Torsten nimmt sich keine Zeit, mir einen Platz anzubieten. Rückt nur mit seinem Stuhl ein Ideechen nach rechts. Dabei lässt er keinen Blick vom Bildschirm. Wahrscheinlich würde er es erst nach drei Stunden merken, wenn ich jetzt heimlich abhaue.

Aber das fällt mir ja gar nicht ein. Um die schwarzhaarige Schamanin loszuwerden, tue ich so, als sei ich scharf auf weitere Spiele. Torsten freut sich. Garantiert ist ihm noch niemand untergekommen, der alle Spiele auf einmal sehen wollte. Doch irgendwie habe ich mich bei der Sache verkalkuliert. Anstatt das Zeug hinter mich zu bringen und vielleicht dann mal *normal* mit Torsten zu reden, kriege ich die gepfefferte Ladung und die hört leider überhaupt nicht mehr auf.

Frau Nacktarsch kommt ins Bild. Ich gucke mich unwillkürlich nach meiner Oma um, während es Torsten anscheinend kein bisschen peinlich ist. Er sprudelt auch gleich los über ein neues Spiel, das gerade in Vorbereitung sei – Regina heißt die rothaarige Heldin darin und über sie sollte man besser keine Pumuckl-Witze reißen, solange sie bewaffnet ist.

»Warte mal, hier«, sagt er und greift zu einem Heft, um mir Regina zu zeigen.

Ich ahnte es schon. Auch Regina ist außer mit Waffen noch mit Überkurven ausgestattet und mit superlangen Designerbeinen in schwarzen Strumpfhosen. Sie soll, laut Torsten, das einzige weibliche Mitglied einer Spezialeinheit werden. Mit ihr wird er Dinos jagen, die nach keinem Diätplan leben, sondern alles verspachteln, was ihnen vors Maul kommt.

»Ähh …«, sage ich gedehnt.

Was Torsten veranlasst, im Heft eine Seite zurückzublättern und mir Joanna Dark zu präsentieren, die schön, schnell und gefährlich sei und sich am liebsten mit Aliens anlege. Ich sehe Joanna Darks Brüste aus einem lose verschnürten Minitop quellen.

»Ähh …«, wiederhole ich, »gibt es auch Spiele ohne diese … diese Frauen?«

Torsten blickt mich kurz und erstaunt an und greift nach einer neuen CD-ROM. »Das hier zum Beispiel. Ein tolles Action-Adventure. Das hast du im Heft übrigens schon gesehen.«

Richtig, habe ich. Wieder mal Dinos. Torsten erlegt sie mit schweren Kanonen – in der Rolle einer Frau.

»Ach so«, sagt er, als er den Irrtum bemerkt. »Das ist Anne. Du willst was anderes?«

Ich nicke entschieden. Denn Anne hat auf ihrem tollen Busen auch noch ein Herz-Tattoo, das bei Torstens Treffern mit der Kanone blinkt.

Torsten blendet Anne seufzend aus. Ohne große Begeisterung legt er die nächste CD-ROM ein. Ein Adventure von einem schatzsuchenden Jungen. Es könnte mir gefallen, wenn ich nicht eigentlich wegen eines anderen Jungen hier wäre.

Der hält die Maus in der Hand und lauert auf mein Zeichen zum Abbruch. Ein kleines Schulterzucken genügt ihm bereits.

»Jetzt kriegst du Tomb Raider«, verkündet er und steigt dankbar aus dem Adventure aus.

Von Tomb Raider habe ich schon gehört. Die Jungen in meiner Klasse reden dauernd davon. Nun werde ich also auch noch die digitale Traumfrau Lara Croft sehen.

Na, wunderbar! Lara Croft ist natürlich großbusig und langbeinig und hat eine Taille so dünn wie mein Hals. Kann ja nicht anders sein. Ich ärgere mich deshalb besonders über den Diamantring in ihrem Bauchnabel.

»Ist sie nicht taff?«, ruft Torsten. »Und dabei so wahnsinnig akrobatisch, so schnell!« Seine Augen glühen. »In Hollywood drehen sie einen Kinofilm von ihr, hast du das gewusst?«

Mein Schulterzucken löst diesmal bei Torsten keinen Abschaltmechanismus aus, er bemerkt es überhaupt nicht.

Ich fange an, mich in seinem Zimmer umzusehen. An allen Wänden hängen Poster. Auf den meisten von ihnen entdecke ich allerdings Lara Croft mit wechselndem Outfit. Mal hat sie mehr, mal weniger Kleidung über ihrer Traumfigur, die sich irgendwelche blöden Spinner in ihrem blöden Software-Studio ausgedacht haben. Ich stöhne genervt und schließe die Augen. Als ich sie wieder öffne, fällt mein Blick zufällig auf Torstens Bettcouch. Da liegt noch ein Bild. Es ist kein Poster von Lara Croft. Neugierig gehe ich hin.

Es ist Torsten, der sich in der Badehose auf einer Decke räkelt. Im Hintergrund wachsen Palmen. Er stützt sich auf einen Ellbogen und lacht mich an. Neben ihm streckt sich noch jemand aus. Ein Mädchen. Genau gesagt: Lara Croft. Vor Verblüffung quieke ich auf. »Wie hast du das gemacht?«, frage ich entgeistert.

»Was? Das Bild?« Torsten lacht geschmeichelt. »Ganz einfach. Kein Problem für einen Computerspezialisten. Soll ich's dir zeigen?« Selbstgefällig greift er nach der Maus.

»Nein!«, entfährt es mir genervt. »Die Decke da, wo ist sie?« Ich zeige zum Bild.

»Die Decke?« Torsten sieht sich irritiert um. Er winkt mit dem Kinn. Die Decke hängt über einem Stuhl.

»Und die Palmen?«

»Ach, jetzt weiß ich, was du meinst.« Torsten kichert. »Die Palmen sind reinmontiert, wie Lara auch.«

Ich hole tief Luft. »Warst du schon mal mit deiner beschissenen Decke im Schwimmbad oder an einem beschissenen See?«

»Hey, nein, wieso?«, fragt Torsten mehr erstaunt als gekränkt.

»Gehst du jetzt mit? Ins Schwimmbad, meine ich?«

Das Interesse in Torstens Augen erlischt. »Nee«, sagt er gedehnt. »Ich wollte noch ...« Er zeigt unbestimmt zum Computer. »Bevor meine Mutter heimkommt, weißt du. O Scheiße, sie ist jeden Moment da!«

»Alles klar.« Ich nicke. »Ich gehe jetzt.«

Torsten entfernt zuerst Lara vom Bildschirm, dann lässt er mich hinaus. »Jetzt hast du mal ein paar Spiele gesehen«, sagt er gönnerhaft. Den Blick kriegt er wie vorher kaum höher als bis zu meinen Knien. Er ist nun wieder der schüchterne Junge, der bei meiner Oma die Zehen eingeringelt hat.

Armes Würstchen, denke ich und ersticke schier an dem Kloß aus Frust in meinem Hals. Digitaler Vollidiot! Aber ich sage es nicht. Meine gute Erziehung ist stärker. Und auch der Knödel, der mich am Sprechen hindert.

»Tschüs«, murmle ich. Dann laufe ich weg.

*

Fast bin ich so weit, mich von Onkel Bangemann trösten zu lassen. Außer meinem Vater ist er der Einzige, der mich mit Wohlwollen mustert. (Dass mich U. Falkenhauser bei der Rollenvergabe ähnlich angeschaut hat, muss einen anderen Grund gehabt haben: U. Falkenhauser hat sein Monster gefunden.) Ich bin schon auf dem Weg zu Oma, als ich doch noch die Kurve zur Haltestelle kriege. Nein, so tief darf ich nicht sinken, dass ich mich mit den gütigen Blicken eines älteren Herrn zufrieden gebe! Oder mit Omas Lob meines Verstandes. Falls ich wirklich einen habe, einen Verstand, muss jetzt etwas geschehen.

Und dort an der Haltestelle, in den paar Minuten, bis die Bahn kommt, fasse ich einen Entschluss: Ich will mein Aussehen nicht mehr bejammern, sondern *ändern.* Jawohl.

Es ist nicht leicht, an einem heißen Spätnachmittag im Juli und nach zwei Tiefschlägen hintereinander und an einer stinkenden, verkehrsreichen Straße schwerwiegende Entschlüsse zu fassen. Ich bewundere mich dafür, dass ich es trotzdem tue. Niemand sieht es mir an. Ich sitze einige Minuten später auf dem klebrigen Kunstledersitz in der Bahn, gucke an den Leuten vorbei und beginne ein neues Leben.

Es ist ja ganz einfach. Ich muss nur mit meinem Vater joggen und den Ernährungsfahrplan meiner Mutter befolgen. Wenn sie Joghurt für mich vorsieht, darf ich mich nicht hinterher heimlich mit sieben Schokocremebroten voll stopfen.

Ich sehe mich schon völlig verändert aus den Sommerferien in die Schule zurückkehren, schlank und hochmütig, man wird mich kaum wieder erkennen. U. Falkenhauser wird über mein Aussehen verzweifeln. Wenn er eine fette Meerhexe haben will, muss er mich mit Sofakissen auspolstern!

Ha, das sind vielleicht wohltuende Gedanken! Jetzt ist es nur schade, dass ich mich noch bis zum Ferienbeginn (drei Tage) mit meinem alten Selbst in der Schule zeigen muss, wo innerlich doch schon mein neues Selbst begonnen hat, was man aber äußerlich nicht sieht. Nicht zu ändern, leider, und deshalb fasse ich neben dem großen Entschluss noch einen kleineren. Nämlich den, dass ich mein neues Leben nicht jetzt auf der Stelle, sondern genau am Morgen des ersten Ferientages beginnen werde. Das ist der richtige Zeitpunkt.

*

Meine Eltern sehen die Sache mit der Meerhexe ganz anders. Sie behaupten, ich verdanke es meiner sicheren und gewaltigen Stimme, dass ich diese wunderbare Rolle bekommen habe. Darin sind sie sich völlig einig.

Dabei brauche ich doch schon gar keinen Trost mehr! Sie sollen lieber U. Falkenhauser trösten und ihm ein paar Sofakissen spendieren.

Ich grinse im geheimen Wissen um mein neues Aussehen, von dem man noch nichts ahnt, und mein Vater schließt mich spontan in die Arme. »Ich freu mich für dich, Lenchen«, flüstert er.

Was mich dabei ein wenig beunruhigt, ist sein Kuschelbäuchlein, es ist immer noch da. Wo er doch seit Wochen schwitzt und rennt! Das wird hoffentlich bei mir nicht genauso sein – ich will mich nicht abstrampeln wie eine Blöde und dann trotzdem meine Monsterfigur behalten!

Als ich meinen Vater beim Abendessen beobachte, kommt mir die Erleuchtung. Natürlich kann er nicht abnehmen, solange er solche Mengen an Nahrung verdrückt!

Ich kriege eine richtige Wut auf meine Mutter. Sie kocht für drei, isst selbst heimtückischerweise nur ein Häppchen und lässt uns beide ihre Portion mitfuttern. Was denkt sie sich eigentlich dabei?

Etwas ist heute Abend übrigens anders als sonst. Mein Vater hat beim Hereinkommen seine Hand gewohnheitsmäßig nach dem Telefonhörer ausgestreckt, sie aber wieder zurückgezogen. Kein Blick auf das Display! Er muss sich was vorgenommen haben – aber was?

Als er seinen Teller leer gegessen hat, schaut er plötzlich in die Runde wie jemand, der vorhat, ein Geheimnis zu lüften. Mit feierlichem Gesicht entkorkt er eine Flasche Wein.

»Dieser Moment«, verkündet er und hebt die Flasche, »ist der Beginn der Sommerferien! Das Konservatorium hat seine Tore geschlossen.«

»Ach so«, sage ich ernüchtert. Wenn das alles ist!

Mein Vater lässt sich nicht beirren. Er schenkt meiner Mutter und sich selbst ein. »Von heute an machen wir's uns schön, Alicia«, sagt er überaus fröhlich. Als würde mit dem Schuljahr eine große Last von ihm abfallen, als wäre das Konservatorium an allem schuld, was ihn bedrückt!

Meine Mutter lächelt. Sie steht auf und holt ein drittes Glas. »Ein Schlückchen für Madeleine, Robert«, sagt sie. »Wir wollen doch alle gemeinsam auf die Ferien anstoßen, auch wenn sie bei ihr noch nicht angefangen haben.«

Das ist nett von ihr, finde ich. Und obwohl ich Wein überhaupt nicht mag, trinke ich brav meinen Schluck. Der säuerliche Geschmack zieht mir das Gesicht kreuz und quer.

»Wie könnt ihr nur so was trinken«, sage ich und schüttle mich. Sie lachen.

Mein Vater lehnt sich im Stuhl zurück. »Bisher war's mir noch nicht nach Ferienplanung zumute, aber jetzt …« Er sieht uns abwechsend an. »Was wünschen sich die Damen? Wohin fahren wir? Nach der Sonnenfinsternis natürlich, die wollen wir ja nicht versäumen.«

Klar. Ganz Süddeutschland fiebert ihr entgegen. Es ist schließlich die einzige totale Sonnenfinsternis in unserem Land in diesem Jahrhundert. Die nächste ist einhundertsechsunddreißig Jahre entfernt. Wenn wir also eine erleben wollen, dann jetzt. Es wäre dämlich, wegzufahren, wo Interessierte aus aller Welt extra hierher kommen.

»Am zwölften können wir dann los. Alicia, wolltest du nicht immer schon mal auf eine griechische Insel?«, ermuntert mein Vater meine Mutter.

»Wenn du magst«, sagt sie lächelnd.

»Nein, ich frage ja dich«, gibt er zurück.

»Ach …« Sie zuckt mit den Schultern.

»Vielleicht Korfu?«, drängt mein Vater. Er will Mama begeistert sehen. Aber sie kann ihm den Gefallen einfach nicht tun, so sehr sie sich anstrengt – zufällig sehe ich ihre Hände unter dem Tisch und wie sich ihre Finger verkrampfen.

Ich beiße mir auf die Lippe. Warum werde *ich* eigentlich nicht gefragt? Es sind doch auch *meine* Ferien!

»Wie wär's mit Kiel?«, schlage ich vor. »Ich war schon so lange nicht mehr an der Ostsee …« Und bei Opa und Oma, verkneife ich mir zu sagen. Ich mag Opa und Oma gern, aber meine Mutter hat was gegen sie. Weil ich das weiß, warte ich erst mal ihre Reaktion ab.

Mama lächelt unbeteiligt und nur zum Zeichen, dass sie mich gehört hat.

Mein Vater runzelt die Stirn. »Nicht ausgerechnet nach Kiel, Madeleine, Mama ist nicht besonders scharf auf ihre Eltern. Stimmt doch, Alicia?«, wendet er sich an meine Mutter.

Wieder zuckt sie mit den Schultern. »Wenn ihr hinwollt … Mir ist es recht.«

Ich kann mich über den leichten Sieg nicht freuen. Denn meine Mutter will gar nicht nach Kiel. Ihr ist nur einfach alles egal. Sie benimmt sich wie eine Schlafwandlerin, und wenn mein dämlicher Vater es nicht merkt, dann doch nur deshalb, weil er es nicht merken will, oder?

»Hast du Kopfweh?«, forscht er. »Schmeckt dir der Wein nicht?«

»Kopfweh«, bestätigt meine Mutter.

»Du solltest damit jetzt wirklich mal zum Arzt!«

»Ja, Robert.«

»Gleich am Montag?«

»Ja, sicher.« Meine Mutter streicht sich über die Stirn. Danach dreht sie ihr Weinglas am Stiel, mal nach rechts, mal nach links.

»Es ist besser, du gehst bald schlafen«, sagt mein Vater und man sieht ihm die Enttäuschung an.

Meine Mutter nickt mechanisch. Man sollte sie packen und schütteln. Ich möchte aufspringen und die Tür hinter mir zuschlagen, so frustriert bin ich.

Meinem Vater zuliebe bleibe ich aber sitzen. Später sehen wir beide uns eine Komödie im Fernsehen an. Dabei beruhigen wir uns wieder. Ich, indem ich an meinen neuen Entschluss denke, und mein Vater, indem er die ganze Weinflasche leert.

*

Die ersten zwei Ferienwochen (bis zum Tag der Sonnenfinsternis) vergehen merkwürdig ereignisarm. Es ist, als würden wir alle drei den Atem anhalten und auf etwas warten, das uns den Kick gibt. Als hinge alles von diesem kosmischen Ereignis und von den zweieinhalb Minuten Dunkelheit ab. Als müsste genau da etwas Außergewöhnliches mit uns geschehen. Als könnten wir vorher nicht mal einen Urlaub planen.

Übrigens war mein großartiger Entschluss leider für die Katz.

Schuld daran ist mein Vater. Und mein Zeugnis auch. Es ist schlechter ausgefallen als sonst. Letztes Jahr bin ich noch Jahrgangsbeste gewesen und diesmal hat es nicht mal zur Klassenbesten gereicht. Hat man da vielleicht Lust, ein neues Leben zu beginnen? Noch dazu ganz allein?

Allein deswegen, weil mein Vater das Joggen eingestellt hat. Ausgerechnet jetzt hört er auf, wo ich nun doch jeden Tag mitgelaufen wäre!

Er erzählt uns bei jeder Gelegenheit, er habe Schluss gemacht mit dem sinnlosen Gestrampel, es bringe ja doch nichts. Er plustert sich auf und lauert dabei garantiert auf einen Einspruch meiner Mutter. Etwa dass ihr seine Figur nicht gleichgültig sei und er sich doch weiter bemühen solle, dass er nur etwas Geduld haben müsse …

Ein solcher Einspruch kommt aber nicht. Meine Mutter schluckt ein Aufbaumittel, das ihr der Arzt verschrieben hat, und spielt Schubert. Für meinen Vater interessiert sie sich überhaupt nicht – das ist allmählich mein Eindruck. Papa will es nur nicht wahrhaben.

Er fängt wieder an zu kochen wie ein Weltmeister. Oder wie einer, der irgendwas tun muss, um nicht verrückt zu werden. Wenn meine Mutter abends Kopfweh hat, kommt er mit seiner Weinflasche zu mir. Wir hängen rum und gucken fern. Wir können uns nicht mal zu einem Spaziergang aufraffen, von Joggen gar keine Rede.

Auch mein neuer Ernährungsplan klappt nun nicht mehr. Ganz ehrlich, wie soll ich freiwillig Joghurt essen, wenn mein Vater jeden Tag ein neues fantastisches Gericht auf den Tisch bringt? Er denkt wahrscheinlich, mit Essen kann er meine Mutter aus ihrer komischen Abwesenheit rauslocken. Bisher ist aber nichts davon zu merken.

*

Verbissen warte ich auf die Sonnenfinsternis. Ich gucke mir alle Fernsehsendungen dazu an und lese sogar die Tageszeitung.

Bei schönem Wetter wird die totale Sonnenfinsternis auf einem gut hundert Kilometer breiten Streifen zu sehen sein. Ein kosmischer Zufall macht sie möglich. Weil nämlich die Sonne vierhundertmal größer ist als der Mond und gleichzeitig vierhundertmal weiter von der Erde entfernt, scheinen die beiden bei einer bestimmten Konstellation von der Erde aus gleich groß zu sein, sodass der Mond die Sonne verdecken kann. Dadurch entsteht ein hundertundzehn Kilometer breiter Kernschatten. Der soll am elften August vom Nordatlantik her kommend Südengland und Nordfrankreich überqueren, dann bei uns eintreffen und im Dreitausend-Stundenkilometer-Tempo weiterrasen in Richtung Türkei bis nach Indien.

Phantastisch! Je besser ich mich informiere, desto mehr packt es mich. Ich freue mich echt darauf. Zweieinhalb Minuten lang soll es bei uns dunkel werden und am Himmel werden die Sterne erscheinen. Und das mitten am Tag. Da bekommt man ja schon Gänsehaut, wenn man es sich nur vorstellt!

Einmal – das war lange vor Christi Geburt – hat eine Sonnenfinsternis zwei Krieg führende Armeen so erschreckt, dass sie angeblich sofort die Waffen niederlegten und Frieden schlossen. Aber nicht genug damit: Sie haben den Frieden mit einer Doppelhochzeit besiegelt.

Wozu eine Sonnenfinsternis alles imstande sein kann! Da darf ich doch für mich wenigstens mit einem klitzekleinen Wunderchen rechnen, oder nicht? Dass zum Beispiel unter den vielen Sonnenfinsternistouristen ein netter Junge ist, so hübsch wie Torsten, aber kein digitaler Busenidiot. Der läuft mir dann während der plötzlichen Dunkelheit über den Weg und sieht darin ein Zeichen, wie ich auch. Das ist doch nicht zu viel verlangt, oder?

Falls aber doch, so will ich damit zufrieden sein, wenn meine Mutter meinem Vater die Arme um den Hals legt und ihm was ins Ohr flüstert: »Alles ist wieder in Ordnung« oder so ähnlich. »Ich liebe dich, Robert. Ich habe in Wirklichkeit immer nur dich geliebt, in diesem Moment weiß ich es wieder.«

Ja, das wünsche ich mir vor allem. Und wenn ich mich für eins der beiden Wunder entscheiden muss, dann will ich die Liebe zwischen meinen Eltern wählen. So selbstlos bin ich. Insgeheim hoffe ich aber, dass das Jahrhundertwunder nicht kleinlich sein wird. Dass auch für mich ganz privat was dabei abfällt.

Unter solchen Wachträumen klappere ich die Stadt von vorn bis hinten nach einer Schutzbrille ab. Im Juli hat man sie noch überall bekommen. Doch jetzt, Anfang August, sind die

Dinger restlos ausverkauft. Mein Vater telefoniert deswegen herum, ebenfalls ohne Erfolg.

Meine Mutter erwartet die Sonnenfinsternis auf ihre eigene verträumte Art. Brille oder nicht Brille scheint für sie keinen Unterschied zu machen.

*

Am Abend vor dem Ereignis renne ich zu Britta. Sie war ein paar Tage bei ihrer Cousine auf dem Land, wollte aber pünktlich zur Sonnenfinsternis zurück sein. Und richtig, sie macht mir die Tür auf.

»Wie war's bei Kuh & Co?«, frage ich einleitend.

»Erstens«, sagt Britta und zieht mich in ihr Zimmer, »gibt's dort keine Kühe, sondern Schweine. Und zweitens war's grässlich.«

»Wieso?«

Britta wirft dramatisch die Arme hoch. »Weil wir den ganzen Tag ein paar verzogene Kinder beschäftigen mussten. Die machten mit ihren Eltern Ferien auf dem Bauernhof und wir hatten sie am Hals!«

»Oje«, sage ich mitfühlend.

Da Britta nichts weiter Erzählenswertes auf Lager hat, rücke ich mit meinem Anliegen heraus, der Schutzbrille. Ich weiß, dass Lukas bereits im Juli eine für sich und eine für seine Schwester besorgt hat. Es ist mir peinlich, zu fragen, ob sie nicht eine davon abgeben wollen.

Aber Britta sagt sofort: »Meine kannst du haben, wenn Lukas mich auch mal durchgucken lässt. Er wird schon nicht eine volle Stunde lang in die Sonne glotzen wollen!«

Wir probieren Brittas Brille aus und stellen beide fest, dass es dahinter zappenduster ist. Dann gehen wir zu Lukas rüber, um ihn zu fragen. Da er auf unser Klopfen nicht reagiert, öffnet Britta einfach die Tür.

Wir haben unheimliches Glück: Lukas ist angezogen. Aber sonst ist er wieder mal ziemlich weggetreten. Mit Ohrstöpseln und Walkman und obendrein der Schutzbrille vor dem Gesicht tanzt er herum. Britta stellt ihm einen Stuhl in den Weg. Lukas stößt dagegen, kennt sich nicht mehr aus und reißt sich die Brille runter.

»Scheiße«, sagt er, als er uns sieht. Und beim Blick auf den Stuhl faucht er Britta an: »Du stirbst nur einmal. Aber davon hast du lange was!« Danach erst zieht er die Stöpsel aus den Ohren. »Was wollt ihr Weiber?«

Wir sagen es ihm. Woraufhin Lukas seine Brille gut festhält und mir den freundlichen Rat gibt: »Vorbeugen ist besser als auf die Schuhe kotzen!« Er legt die Brille in eine Schublade, die er dann absperrt. Den Schlüssel schwenkt er vor unseren Gesichtern hin und her.

»Heißt das, du willst mich nicht durchgucken lassen?«, fragt Britta empört.

Lukas nickt brüderlich und zermartert sich das Hirn nach einem weiteren dummen Spruch – er hat für fast jede Gelegenheit irgendeinen Mist auswendig drauf. Seine Quelle ist ein Minibuch, das er ständig in der Hosentasche trägt. Britta hat ihn schon beim heimlichen Üben erwischt.

Aber jetzt fällt ihm auf die Schnelle doch nichts ein. Deshalb lässt er sich dazu herab, uns zu erklären, dass er zur Zeit der Sonnenfinsternis wo ganz anders sein wird als wir. Auf einer Raver-Party nämlich, auf der Dachterrasse von einem Freund.

Als wir enttäuscht seine Tür hinter uns zuziehen, ruft er uns noch triumphierend nach: »Ich glaube an die Unsinkbarkeit der Titanic!«

Britta und ich schauen uns nur an. Auch wenn ich daran ersticke, sage ich keinen Ton. Britta ist meine beste Freundin und für ihren Zwillingsbruder kann sie nichts.

»Gütiger Himmel«, murmelt Britta und schüttelt verzweifelt den Kopf. »Immerhin – es ist nicht zu fassen – hat er mir diese Brille besorgt. So kann er auch sein!«

Ich gehe unverrichteter Dinge heim. Zwar könnte Britta zu mir kommen, dann würden wir abwechselnd durch ihre Brille gucken. Aber sie muss bei ihren Eltern bleiben, denn die haben auch keine. Oder ich könnte zu ihr gehen. Doch dann werde ich vielleicht nicht Zeuge des einen oder anderen Wunders.

Überhaupt halte ich die Möglichkeit mindestens eines Wunders für wichtiger als so eine dämliche Brille. Und außerdem bin ich wieder mal froh darüber, dass meine Eltern sich damals zu einem Einzelkind entschlossen haben und dass die Veranlagung für Zwillinge nicht in unserer Familie liegt.

Von einem kosmischen Ereignis mit böser Wirkung

Am elften August ist der Himmel bewölkt. Beim Frühstück wird es immer wieder mal gleißend hell, wenn die Sonne durchbricht, aber danach trübt es sich mehr und mehr ein. Erste Regentropfen fallen.

»Neieiein!«, jammere ich.

Meine Mutter, die mit den Händen im Schoß dasitzt, tröstet mich. »Die Sonnenfinsternis findet trotzdem statt, Madeleine.«

»Ja, aber man sieht sie nicht!«

»Es wird dunkel werden«, sagt sie.

»Das wird es am Abend auch!«

Meine Mutter schüttelt sanft den Kopf über mich. »Aber zur Mittagszeit, Madeleine! Denk doch nur, was das bedeutet!«

»Was bedeutet es schon?«, maule ich.

Mein Vater läuft nervös herum, von drinnen nach draußen, den Himmel begucken, und wieder herein. Den Wetterbericht verfolgt er auf allen Sendern im Rundfunk und am Fernsehen. Immer wieder streift sein Blick dabei wie aus Versehen meine so merkwürdig ruhige Mutter, die sich von seiner Hektik überhaupt nicht anstecken lässt. Gerade mal dass sie gehorsam auf dem Globus die schmale Bahn des Kernschattens mit dem Finger nachfährt. Ich sehe sie dabei versonnen lächeln.

Mein Vater scheint sich selbst und uns davon überzeugen zu

wollen, dass seine Aktivitäten nichts weiter bedeuten als wissenschaftliches Interesse, abergläubisch ist er bestimmt nicht. Er schleppt Bücher an und zeigt uns die einzelnen Phasen der Sonnenfinsternis in Schaubildern. Aber seine Blicke verraten ihn. Auch er erwartet sich mehr von dem Spektakel. Und zwar, das ist mir ganz klar, erwartet er es von meiner Mutter.

Im Fernsehen werden sonderbare Typen vorgeführt, die beten oder sich geißeln oder furchtbare Katastrophen vorhersagen. In ganz Europa stehen entlang des Kernschattens Kameras, die Live-Übertragungen bringen wollen. Und über den Wolken kreisen Flugzeuge mit derselben Absicht. Wir kriegen Unmengen von Menschen zu sehen, die aus ihren Regenkapuzen und unter ihren Schirmen hervor den Himmel beobachten. In Gegenden, wo noch etwas Blau durchblitzt, tragen die Leute ihre komischen viereckigen Schutzbrillen und zeigen aufgeregt hinauf. Aber wenn die Sonne sich überhaupt zeigt, ist sie auch gleich wieder von Wolken bedeckt.

Nur die Flugzeugkameras filmen ungehindert. Alle paar Minuten wird uns ein makelloses Bild eingeblendet. Die gute alte Sonne sieht inzwischen aus wie ein abnehmender Mond (nur andersrum) und verwandelt sich allmählich in eine schmale Sichel.

Dann ist es so weit. Unsere Fernsehsender schalten sich in England und Frankreich zu. Und während bei uns gerade ein Regenguss niederprasselt, beginnen in England die zweieinhalb Minuten der totalen Phase. Der Bildschirm wird dunkel. Wir sehen fast nichts mehr, sondern hören nur noch die Rufe der Menschen. Die Flugzeugkamera über England filmt eine ganz unwirkliche Sonne, die wie von einer schwarzen Pappscheibe bedeckt ist, mit einem hellen Schimmer außen rum.

Als die deutsche Reporterin vor Ort sagt: »Es ist unglaublich! Dunkelheit senkt sich über das Land, Menschen fallen auf die Knie …«, steht meine Mutter leise auf und geht in die Diele hinaus.

Mein Vater guckt für eine Sekunde vom Bildschirm weg. »Alicia! Wo gehst du denn jetzt hin?«, ruft er entgeistert. »Du versäumst ja alles!« Er ist hin- und hergerissen zwischen dem Fernseher und meiner verschwundenen Mutter. Als ich an seiner Stelle aufstehe, nickt er mir dankbar zu.

Ich finde meine Mutter über das Telefon gebeugt. Sie hat den Hörer in der Hand und wählt. Danach atmet sie tief ein, lehnt sich an die Wand und schließt die Augen. Sie drückt den Hörer an ihre Wange, lächelt, berührt dann mit ihren Lippen zärtlich die Sprechmuschel und legt wieder auf, ohne ein Wort gesagt zu haben.

Mir gelingt gerade noch rechtzeitig der lautlose Rückzug. Meine Mutter kommt und setzt sich wieder in ihren Sessel, als sei nichts gewesen, als hätte sie nur eben kurz mal am Küchenfenster den Himmel geprüft. Sie beantwortet den fragenden Blick meines Vater mit einem knappen Lächeln. Danach starrt sie auf den Fernseher, bis man dort wieder etwas sieht.

Plötzlich wird es draußen strahlend hell und die letzten Tropfen fallen. Ich vergesse, was ich soeben in der Diele beobachtet habe. Begeistert springe ich auf. Am Himmel hinter dem Fenster sind blaue Felder, die immer größer werden! Mit ein wenig Glück … Mein Vater flucht jetzt wütend wegen der fehlenden Schutzbrille.

»Ist doch egal«, sage ich und drücke die Daumen, damit uns das Wolkenloch erhalten bleibt, das sich da wunderbarerweise über uns aufgetan hat.

Wir gehen auf die Straße, gleich wird es so weit sein. Es ist auffallend kalt draußen, aber sehr hell. Ein paar weiße Wölkchen ziehen über uns hinweg, sonst ist der Himmel blau. Ich staune darüber, dass die Sonne, die angeblich nur noch eine schmale Sichel ist, volles Licht geben kann. Es kostet mich größte Beherrschung, sie mir nicht anzusehen.

Meine Mutter weicht dem Arm meines Vaters aus und läuft noch einmal zurück. Ich sehe, wie sie die angelehnte Haustür weit öffnet, als sollte noch jemand nachkommen. Dabei sind wir doch schon alle da!

Unsere Nachbarn haben auch ihre Häuser verlassen. Es sind viel mehr Leute auf der Straße, als normalerweise hier wohnen. Besucher, natürlich! Dicht neben mir taucht jemand auf. Es ist Oma. Sie hält Onkel Bangemann an der Hand und sagt atemlos: »Wir haben es gerade noch geschafft. Wir wollten doch bei euch sein!« Ich freue mich sehr.

Leute bieten uns ihre Schutzbrillen an. Nur mal eben zum Durchgucken, denn die Sichel, die ist einfach unglaublich! Jeder redet auf einmal mit jedem. Eine ungeheure Spannung liegt in der Luft und prickelt wie die plötzliche Kälte.

Unsere Straße verläuft ungefähr in ost westlicher Richtung, was geradezu ideal ist. Man kann entweder mit der Schutzbrille zum Sonnenstreifchen hinaufschauen oder aber in der anderen Richtung auf die Dunkelheit warten, die jeden Moment von Westen her anrollen muss.

Meine Mutter, mein Vater, Oma, Onkel Bangemann und ich stehen in einer Reihe nebeneinander und blicken angespannt nach Westen. Oma klammert sich an Onkel Bangemann, und mein Vater hat einen Arm um meine Mutter und den anderen um mich gelegt.

Das allgemeine Murmeln weicht schlagartig einer atemlosen Stille. Dann schreien die Leute auf und zeigen nach oben, wo die Sonne wahrscheinlich restlos verschwunden ist. Denn in dem Moment kommt die Dunkelheit angerast und überrollt uns. Das Unheimliche daran ist, dass es lautlos geschieht. Die Farben verlöschen, der Himmel wird eine hohe, dunkle Kuppel, an der die Sterne hervorkommen. Es ist unglaublich und so schön, dass ich alles um mich herum vergesse.

Bis mein Vater leise sagt: »Jetzt könnt ihr in die Sonne schauen.«

Wir lassen uns los und ich drehe mich um. Am Himmel oben ist eine tiefschwarze Scheibe und um sie herum der sanfte Schimmer der Korona.

»Wahnsinn«, hauche ich. Nur einmal im Leben darf ich das sehen und für so kurze Zeit!

Ich spüre, wie Oma meinen Arm quetscht. Irgendwo läutet ein Telefon. Es ist unwirklich, ein sonst doch alltägliches Geräusch, und passt überhaupt nicht hierher. Es klingt richtig verloren und kein Mensch achtet darauf.

Mein Vater wird von einem aufgeregten Nachbarn bequasselt, der sich die Schutzbrille nicht abzunehmen traut. Beim dritten Läuten geht mir auf, dass es unser Telefon ist, das man durch die offene Haustür bis auf die Straße heraus hört.

Dann ist es auch schon wieder vorbei. Ohne das entrückte Lächeln im Gesicht meiner Mutter würde ich denken, ich habe es mir eingebildet. Doch nun zähle ich eins und eins zusammen und mir vergeht alle Freude an der Sonnenfinsternis.

Mein Vater wendet sich von dem Nachbarn ab und fragt mich: »War das eben unser Telefon?«

Ich zucke voller Unbehagen mit den Schultern. Aber damit

kann ich nicht verhindern, dass mein Vater im Gesicht meiner Mutter dasselbe entdeckt wie ich: glückliche Trance. Zwar hat er ihre Telefonhörerküsserei im Moment der Sonnenfinsternis über England nicht mitbekommen, aber vielleicht ist es die Spannung des Augenblicks, die ihn zum Hellseher werden lässt. Jedenfalls sackt mein Vater in den Schultern ein wenig nach vorn und sagt keinen Ton mehr. Er legt auch keinen Arm mehr um uns.

Meine Gänsehaut reicht bis ans Herz.

Dann wird es wieder hell. Die Leute reden begeistert durcheinander. Man kann jetzt über eine Stunde lang beobachten, wie der Mond allmählich die Sonne freigibt. Oma und Onkel Bangemann stehen mit irgendwelchen Nachbarn zusammen, lassen sich Brillen geben und tauschen ihre Eindrücke aus.

Mein Vater, meine Mutter und ich gehen ins Haus. Schön hintereinander. Keiner redet mit dem anderen. Meine Mutter schließt sachte ihre Zimmertür hinter sich. Mein Vater räumt seine Bücher weg, mehr sehe ich nicht, denn auch ich gehe in mein Zimmer, wo ich mich aufs Bett werfe und mir die Decke über den Kopf ziehe, damit mich niemand weinen hört.

Ich schluchze meine ganze Enttäuschung in die Matratze hinein. Ich bin so verzweifelt, dass ich überhaupt nicht mehr daran denke, hinauszugehen. Draußen steht jetzt vielleicht der Junge herum, der für mich bestimmt wäre, aber das ist mir egal. Denn das wahre Wunder, das wirklich wichtige Wunder, das wir von Mama erwartet haben, hat sich nicht ereignet. Ganz im Gegenteil.

*

Es läutet an unserer Tür. Meine Mutter macht nach einer Weile auf. Ich höre sie mit Oma und Onkel Bangemann reden und nach meinem Vater rufen. Als er nicht antwortet, ruft auch Oma: »Robert!«

Bevor sie womöglich in meinem Zimmer nachsehen kommen, renne ich ins Bad und wasche mir das Gesicht. Kaltes Wasser soll ja gut sein gegen verquollene Augen, aber schnell wirkt es nicht. Ich nehme den Puder meiner Mutter und setze noch meine Sonnenbrille auf. So gewappnet lasse ich mich blicken. Ich entschuldige mich für die Sonnenbrille und behaupte, ich hätte wohl doch eine Sekunde lang ungeschützt in die Sonnensichel geguckt, denn jetzt seien meine Augen ein wenig lichtempfindlich.

»Ist es schlimm?«, forscht Oma beunruhigt.

»Nein, nein, sie brennen nur ein wenig.«

Oma lässt sich täuschen. »Aber wenn es nicht aufhört, musst du zum Doktor!« Ich winke ab.

Dann warten wir alle im Wohnzimmer auf meinen Vater, der unserer Meinung nach noch einmal auf die Straße gegangen sein muss. Wir erzählen uns gegenseitig, was wir bei der Sonnenfinsternis empfunden haben. Zwei von uns lügen dabei, indem sie das Wesentliche auslassen und das andere überschwänglich schildern. Eine davon bin ich.

Mein Vater kommt und kommt nicht. Auf einmal hören wir das Garagentor zuschwingen (es quietscht ein wenig) und den Wagen wegfahren.

»Nanu?«, sagt Oma, die sich mit den Geräuschen bei uns gut auskennt.

Meine Eltern sagen nicht jedes Mal Bescheid, wenn sie für eine kurze Besorgung das Haus verlassen. Aber in dem Moment ist es sehr eigenartig, dass mein Vater wegfährt, ohne etwas zu sagen. Und auch wieder nicht, wenn man gesehen hat, was ich gesehen habe.

Meiner Mutter gefriert das freundliche Lächeln. Durch meine Brille ist ja alles fahl, aber nichts ist so geisterhaft wie ihr Gesicht.

»Hat Papa was gesagt, Madeleine?«, fragt sie mich.

Ich schüttle verstört den Kopf. Es hat keinen Sinn, so zu tun, als ob nichts wäre. Sogar Onkel Bangemann, der nicht direkt zur Familie gehört, merkt, dass da was nicht stimmt. Er sucht trotzdem nach simplen Erklärungen für das Verschwinden meines Vaters. Meine Mutter hört ihm nur scheinbar zu. Mitten in seiner Rede steht sie auf und geht hinaus, kommt aber einen Moment später wieder zurück, sichtlich erleichtert.

»Wenigstens hat er keine Reisetasche mitgenommen.« Sie versucht zu lächeln.

Da packt mich der Schreck erst richtig. Wenn mein Vater Gepäck mitgenommen hätte, würde das bedeuten …

Oma schaut zwischen meiner Mutter und mir hin und her. »Wolltet ihr nicht morgen in Urlaub fahren?«

»Eigentlich ja …« Ich nicke geistesabwesend.

Oma denkt eine Weile nach. »Wenn etwas passiert ist und ihr darüber reden möchtet …« Sie hebt hilflos die Hände.

Meine Mutter schweigt erst mal. Sie dreht fahrig ihren Ehering am Finger und sagt schließlich unbestimmt: »Der Urlaub … ja, sicher. Wir haben nur die Sonnenfinsternis abgewartet …«

Alles, was herauskommt, wenn wir drei den Mund aufmachen, endet irgendwo verloren.

Onkel Bangemann wird es unbehaglich. Er bewegt zuerst die Beine, dann die Arme und räuspert sich. »Also«, beginnt er, »also, da können wir wohl im Moment nichts tun …« Auch er ist nun schon infiziert.

Endlich nimmt Oma die Sache in die Hand. »Alicia? Madeleine? Habt ihr eigentlich schon was gegessen?« Unser Kopfschütteln ermutigt sie. Sie klatscht entschlossen auf ihre Armlehnen und erhebt sich. »Es ist jetzt gleich zwei. Wie sieht's aus? Machen wir uns gemeinsam was? Eine Kanne Kaffee … bis dahin ist Robert vielleicht zurück – ich hab's! Er holt Kuchen!«

Das würde meinem Vater ähnlich sehen. Aber ich glaube nicht daran. Nicht nach dem, was ich erlebt habe.

Was habe ich eigentlich erlebt? Für einen Außenstehenden wäre es nichts Erkennbares gewesen. Aber ich bin dazu verdammt, meinem inneren Wissen zu trauen.

*

Irgendwann im Laufe des Nachmittags räumt auch Oma ein, dass mein Vater, falls er Kuchen kaufen wollte, dazu vermutlich nach Hamburg gefahren ist. Uns allen ist der Hals zugeschnürt. Die schönen Schnittchen, die wir gemeinsam belegt haben, trocknen vor sich hin. Meine Mutter fasst sich immer häufiger an die Schläfen. Wenn sie den Mund aufmacht, um was zu sagen, zittern ihre Lippen.

Oma fragt nicht mehr, ob etwas passiert ist. Nachdem wir alle überlegt haben, ob wir bei Bekannten herumtelefonieren oder uns auf die Suche machen oder die Polizei alarmieren sollen, kommen wir zu dem Schluss, dass wir überhaupt gar nichts tun können. Mein Vater ist ein erwachsener Mann, der das Recht hat davonzufahren und wieder zu kommen, wenn ihm danach zumute ist.

Wir sitzen herum. Ich habe längst die lästige Sonnenbrille abgelegt. Auf ein Paar verräterisch roter Augen kommt es nun auch nicht mehr an.

Meine Mutter weigert sich, Aspirin zu schlucken. Als könnte sie meinen Vater herbeizaubern, indem sie ihre Kopfschmerzen tapfer erträgt. Sie habe früher eigentlich nie Kopfweh gehabt, erzählt sie Oma. Ihr Arzt sei der Ansicht, sie solle vielleicht mal eine Zeit lang nicht Klavier spielen und Konzerttermine besser verschieben. Sie redet leise. Ihre nächsten Termine seien sowieso erst im Dezember. Soloabende, Beethoven.

»Was macht Kenneth Smith jetzt?«, fragt Oma vorsichtig. »Hattest du mit ihm zusammen nicht auch wieder eine Konzertreihe geplant?«

Meine Mutter zuckt unmerklich zusammen. »Erst im Frühjahr«, sagt sie und schluckt. »Er will den Winter über ein Studiensemester in New York einschieben.«

Das mit dem Studiensemester habe ich nicht gewusst. Von Ken ist ja nie mehr die Rede gewesen. Er bewohnt zwar unser Haus als Geist, aber gesprochen wird nicht über ihn.

New York, finde ich, ist erfreulich weit weg. Doch habe ich das nicht auch schon mal von England gedacht und dabei das Telefon vergessen? Zwischen London und New York ist, so gesehen, überhaupt kein Unterschied. Trotz des riesengroßen Atlantiks.

Ich denke an meinen Vater und der plötzliche Zorn auf meine Mutter nimmt mir schier die Luft. Ich gönne ihr die Kopfschmerzen, und Ken wünsche ich einen Blitz, der ihn treffen soll.

Onkel Bangemann hat als Einziger eine kleine Bresche in die Schnittchen geschlagen. Als Oma sich endlich zum Gehen entschließt, scheint er sehr erleichtert zu sein. An der Tür legt er eine Hand auf meinen Arm und die andere auf den Arm meiner Mutter. »Ich habe auch manchmal das Bedürfnis, allein zu sein. Gerade nach einem tiefen Erlebnis.« Er schenkt uns einen bemüht aufmunternden Blick, ehe er uns loslässt.

»Ihr ruft mich sofort an?«, vergewissert sich Oma ein letztes Mal. Dann schließt sich endgültig die Tür hinter ihr.

Als die beiden weg sind, stehen meine Mutter und ich uns kraftlos in der Diele gegenüber. Sie versucht keine Sekunde lang, mir mit irgendeiner fadenscheinigen Erklärung zu kommen. Das rechne ich ihr hoch an. Sie hält mich nicht für ein Dummchen.

»Was sollen wir tun, Madeleine?« Sie beißt sich auf die bebenden Lippen.

Ich kann es nicht mit ansehen, wie ihr die Tränen in die Augen springen. »Den Tisch abräumen?«, schlage ich vor und kämpfe gegen meine eigenen Tränen. Mein Zorn ist schon wieder verraucht. An seiner Stelle ist jetzt ein tiefes Loch von Angst und Traurigkeit.

Wir ziehen eine Folie über die Schnittchenplatte und lassen sie neben der Kaffeekanne auf dem Tisch stehen. Ablenkung wäre jetzt vielleicht das Beste. Ich mache den Fernseher an und lege ein Video ein. Dann stehe ich noch einmal auf und hole zwei Eisbeutel für die Schläfen meiner Mutter.

Dass sie keine Tabletten nehmen will, verstehe ich gut. Sie bringt ein Opfer, genau wie ich. Sie akzeptiert die Kopfschmerzen und ich den Hunger. Ich würde jetzt nämlich am liebsten die Schnittchenplatte leer fressen, tue es aber nicht. Ich verzichte darauf, indem ich mir einrede, dass wir später alle gemeinsam über die Platte herfallen werden, Papa, Mama und ich.

*

Nach fünf Stunden Fernsehen kann man irgendwann nicht mehr. Vor allem, wenn man dabei ständig auf das Telefon, das Garagentor und die Haustür gelauscht hat. Es ist furchtbar. Ich ersticke schier an der Beklemmung. Meine Mutter wahrscheinlich auch, mühsam holt sie von Zeit zu Zeit Luft.

Endlich beschließen wir, uns schlafen zu legen. Das Außenlicht und das Dielenlicht lassen wir brennen. Meine Mutter bittet mich mit tonloser Stimme, Oma noch eben Bescheid zu sagen, dass sich bisher nichts getan hat, dass wir sie aber auf jeden Fall, egal zu welcher Zeit, anrufen werden.

Ich würde ja am liebsten ins Bett meines Vaters kriechen, als könnte ich ihn dadurch herbeiwünschen. Aber ich traue mich nicht. Sollte das nicht eher meine Mutter tun? Wenn sie selbst auf den Gedanken kommt und mich dann an ihrem Platz vorfindet …

Ich erledige den Anruf. Als Mama und ich uns gute Nacht sagen, schauen wir uns nur sehr kurz und befangen an. Obwohl wir beide wahrscheinlich genau dieselbe Angst haben, steht etwas Unaussprechliches zwischen uns.

Danach liege ich wach im Bett. Ich kann und kann nicht einschlafen. Wenn ich es könnte, da bin ich mir sicher, würde mein Vater bestimmt zurückkommen. Denn die Dinge passieren doch nie, wenn man auf sie wartet, sondern genau dann, wenn man es nicht tut.

Ich höre meine Mutter ein paar Mal aufstehen und leise umhergehen, sogar nach draußen, in den Garten, in die Garage, auf die Straße. Mehrmals macht sie sich am Telefon zu schaffen, aber ohne zu wählen. Da meine Zimmertür nur angelehnt ist, kann ich sie, wenn ich aufstehe, durch den Spalt sehen. Sie sitzt vor dem Tischchen und spielt unentschlossen mit den Schlingen des Kabels. Ob die Lampe, die lange Schatten wirft, schuld ist, weiß ich nicht. Jedenfalls sehe ich plötzlich, dass meine Mutter gar nicht mehr jung und schön ist. Sie lässt die Schultern hängen wie mein Vater unmittelbar nach der Sonnenfinsternis, sie hat Falten im Gesicht, die ich noch nie bemerkt habe, und auf einmal gleicht sie meiner Kieler Oma.

Erschrocken tappe ich ins Bett zurück. Nicht dass ich was gegen meine Kieler Oma hätte, sie ist alt, was ja in Ordnung ist – aber meine Mutter soll gefälligst jung bleiben!

Lange, lange Zeit höre ich nichts mehr, nur gelegentlich ein Auto auf der Straße. Ich glaube nicht mehr, dass mein Vater jetzt noch kommt, es ist ja schon bald Morgen. Ich drehe meinen Kopf ins Kissen und weine verzweifelt.

Dabei entgeht mir wohl das leise Quietschen des Garagentors.

Denn plötzlich wird die Haustür aufgesperrt, die niemand lautlos aufbringt, höchstens ein Einbrecher. Ich sitze mit einem Ruck senkrecht. Dann springe ich aus dem Bett.

Mein Vater trägt noch die Jacke, die er sich zur Sonnenfinsternis übergeworfen hat, und lässt den Schlüsselbund in die Tasche gleiten. Er sieht meine Mutter und mich in unseren

Türen stehen, jede im Nachthemd, jede blass und stumm. Es kommt mir vor, als würden bei meinem Anblick seine Mundwinkel ein bisschen zucken, aber er hat keinen Gruß übrig und kein Lächeln. Er geht einfach in sein Zimmer und schließt die Tür hinter sich.

Meine Mutter greift sich an den Hals und starrt seine Tür an. Dann lässt sie den Kopf auf die Brust sinken. Ganz langsam dreht sie sich um und verschwindet lautlos aus meinem Blickfeld, als würde ihr dunkles Zimmer sie schlucken.

Das Licht ist angeblieben und die Diele ist geisterhaft leer.

Jetzt – jetzt müsste eine Bombe explodieren! Aber nichts geschieht.

Ich marschiere ins Bad und sitze eine Weile auf dem Klo. Einerseits bin ich unheimlich erleichtert. Andererseits würde ich uns alle drei am liebsten runterspülen. Oder ist vielleicht sonst was mit uns anzufangen? Weil ich aber gar nichts weiter tun kann, gehe ich erschöpft und mutlos in mein Zimmer zurück und schlüpfe ins Bett.

Eine Hand knipst meine Nachttischlampe an. Bevor ich noch aufschreien kann, erkenne ich meinen Vater. Er sitzt im Sessel, legt den Finger auf die Lippen und lächelt.

»Lenchen«, flüstert er, »ich habe einen wunderbaren Ort gefunden, wo wir beide hinfahren werden. Hast du Lust zum Bergwandern? Es ist eine Hütte ganz oben. Habe sie schon gemietet. Wir müssen unsere Vorräte allerdings selbst hinaufschleppen und unser Holz hacken. Aber ein Bach soll da sein, eine Quelle … Ach, Lenchen.« Mein Vater gluckst.

Er hört sich glücklich an, muss aber übergeschnappt oder einfach nur fix und alle sein. Mindestens zehn Minuten lang schwärmt er mir von der Hütte vor, die er selbst noch gar nicht gesehen hat, und ich kann ihm nur mit großen Augen zunicken. Natürlich ist das alles wunderbar, ganz großartig sogar, und es würde mir riesig Spaß machen. Aber was ist mit Mama? Sie soll doch offensichtlich nicht mit – er ignoriert sie, als wäre sie gestorben!

»Und Mama?«, wage ich schließlich zu fragen.

Sein Gesicht erstarrt. Er wischt mit der Hand durch die Luft. »Also«, sagt er abschließend, »jetzt schlafen wir uns noch ein paar Stunden aus und dann packen wir. Alles klar, Lenchen?«

Aber ja, mit mir ist alles klar. Das versichere ich ihm. Mein Vater drückt mich fest an sich. Dann bin ich wieder allein. Ich versuche draufzukommen, was überhaupt noch klar ist.

Mittendrin fällt mir Oma ein. Sie stirbt doch fast vor Angst und Sorge! Ich stehe auf, um sie anzurufen.

In der Diele ist die Lampe jetzt aus, doch ich kann erkennen, dass das Telefonkabel ins Zimmer meiner Mutter führt, unter der fest geschlossenen Tür hindurch.

Ach – Mama hat schon an Oma gedacht, gut! Leise tappe ich zurück. Ich will nur noch ins Bett.

Von drei Leuten, die die Flucht ergreifen

Ich habe ganz wirres Zeug geträumt: Ich habe mich verlaufen. Vor mir ist ein hoher Berg, den kann ich nie schaffen. Aber da oben ist doch die Hütte und ich muss zu meinem Vater und zu meiner Mutter hinauf! Auf einmal stehen lauter Berge um mich herum, und ich weiß nicht mehr, auf welchem die Hütte sein soll. Für einen kurzen Moment begreife ich, dass es nur ein Traum war, aber die Angst bleibt. Und dann schlafe ich schon wieder ein.

Jemand weckt mich – mein Vater. Ich falle ihm um den Hals, überzeugt davon, dass ich die verdammte Hütte nun doch noch gefunden habe. Dann komme ich endlich ganz zu mir und bin gar nicht auf einer Hütte, aber ich freue mich trotzdem: Zum Fenster guckt ein Sommertag herein und mein Vater ist wieder da!

Er sagt: »Jetzt machen wir uns ein ordentliches Frühstück, Lenchen, und dabei können wir überlegen, was wir alles für die Berge brauchen, einverstanden?«

Mir fällt nichts ein, was dagegen spricht. So wach bin ich eben doch noch nicht.

Wir laufen leise in die Küche, mein Vater im Schlafanzug und ich im Nachthemd. In der Tür bleiben wir erst mal sprachlos stehen. Nicht nur, dass es nach Kaffee riecht und nach Kakao und nach frischen Brötchen – nein, am gedeckten Tisch sitzt Mama und blickt uns entgegen. »Ich habe Frühstück gemacht«, sagt sie mit einer ganz fremden, angestrengten Stimme.

Da geht mein Vater langsam zu seinem Platz und ich zu meinem. Niemand sagt etwas. Der Hunger, den ich schon am Vortag angesammelt habe, ist vollständig weg. Ich wünsche mir, in einem Albtraum zu stecken, das wäre weniger schlimm. Daraus wacht man wenigstens irgendwann auf.

Mamas Hände an der Kaffeekanne zittern. Ihr Gesicht sieht aus, als hätte sie seit einer ganzen Woche nicht geschlafen. Vielleicht wäre auch ihr ein Albtraum lieber als dieses schweigsame Frühstück?

Sie redet stockend von den Reiseprospekten, die sie in der Nacht durchgesehen habe, und von den Angeboten, die ihr gefallen könnten. Aktivurlaub, das hätte sie gern.

Mein Vater rührt in seinem Kaffee und sieht nicht auf.

Da frage ich schnell dazwischen: »Mama, hast du die Oma angerufen?«

»Wie?«

»Du hast doch noch telefoniert. Hast du die Oma angerufen?«

Meine Mutter nickt. »Ja, die auch«, sagt sie tonlos.

Ich bin beruhigt wegen Oma. Aber wen hat Mama sonst noch angerufen?

»Ich habe außerdem ... ich habe ... etwas erledigt«, flüstert sie.

Niemand antwortet ihr.

»Etwas ... erledigt«, wiederholt sie mit seltsamer Betonung. Mir wird ganz merkwürdig im Magen. Hat es vielleicht mit Ken zu tun?

»Nun sag doch was, Robert«, bringt Mama nach einer Weile

gequält heraus. Sie schiebt die flache Hand ein Stückchen über den Tisch auf seine Hand zu. »Ich dachte, dass wir vielleicht im Urlaub miteinander reden … Aber wenn du lieber jetzt willst …«

Nach Reden sieht mein Vater nun wirklich nicht aus. Er hat ganz schmale Lippen und blickt meine Mutter nicht an, als er seinen einzigen Satz von sich gibt: »Madeleine und ich fahren für ein paar Tage in die Berge, wir wollen nur noch frühstücken.«

Ich halte die Luft an.

Meine Mutter steht auf. An der Tür sagt sie mühsam: »Dann … will ich euch jetzt nicht weiter stören. Wenn ihr etwas brauchen solltet … ich bin in meinem Zimmer.«

In diesem Moment springe ich auf. Ich tue es nicht willentlich, ich muss einfach. Ich habe gar keine Zeit, einen Gedanken zu fassen oder mir zu überlegen, was ich da brülle: »Scheiße, Scheiße, Scheiße! Hört endlich auf damit!«

Ich reiße meiner Mutter die Küchentür aus der Hand, die gegen die Wand knallt, und laufe an ihr vorbei zu meinem Zimmer. Dort schmettere ich meine Tür zu und drehe den Schlüssel um, als könnte ich damit die ganze Qual hinaussperren, die mich seit der Sonnenfinsternis im Griff hat und würgt. Ich kann einfach nicht mehr! Sollen sie sich zerfleischen oder versöhnen, mir ist es jetzt egal. Ich prügle auf mein Bett ein, dass es klatscht und staubt, aber es tut nicht einmal weh – das Polster ist zu weich.

Meine Arme erlahmen, der rote Nebel vor meinen Augen zieht ab, ich krieche unter die Decke. Dort igle ich mich ein und ignoriere das Klopfen meines Vaters und seine Frage, ob ich am Packen sei. Später kommt er noch einmal und ruft leise durchs Schlüsselloch, dass er Brote für unterwegs geschmiert hat und dass ich jetzt endlich rauskommen soll, denn er sei in zehn Minuten fertig. Seine Stimme entfernt sich.

Ich rühre mich nicht.

Mein Vater macht noch einen dritten Versuch, ich höre, wie er seine Reisetasche vor meiner Tür absetzt. »Madeleine? Wenn du mitfahren willst, dann komm jetzt!«

»Lasst mich in Ruhe, ihr alle!«, schreie ich wie von Sinnen. Ich meine sie beide, obwohl von meiner Mutter kein Laut in mein Zimmer dringt.

Erst als mein Vater weggefahren ist, kann ich wieder denken und empfinden. Und zwar sehr plötzlich – jemand dreht gerade ein Schlachtmesser in meiner Brust um. Außerdem meldet sich jetzt schlagartig meine Blase. Ich schleppe mich ins Bad. Danach ziehe ich mich an.

In der Küche steht das Frühstück fast unberührt auf dem Tisch. Ich setze mich und fange zu essen an. Mein Appetit wächst verrückterweise mit jeder Brötchenhälfte. Grimmig stopfe ich mich voll und kann es nicht fassen, dass es mir tatsächlich schmeckt. Ich habe einen Heißhunger!

Meine Mutter taucht einmal auf, mit käsigem Gesicht, macht eine Schranktür auf und zu und verschwindet wieder. Ich habe gerade den Mund voll, deshalb kann ich nichts sagen. Wüsste auch nicht, was. Du hast alles kaputtgemacht!, könnte ich ihr höchstens nachbrüllen und dabei Krümel sprühen. Aber das weiß sie ja sowieso, das muss ihr keiner sagen. Ich höre sie im Haus und auf der Terrasse, eine Zeit lang ist sie im Garten. An den Flügel setzt sie sich nicht.

Nach meinem ausgiebigen Frühstück geht es mir ein wenig besser. Meine Mutter sollte vielleicht auch was essen …

Sie ist aber alt genug, um das selbst zu wissen. Und schuld ist sie auch an allem.

Ich will nicht darüber nachdenken, dass ich jetzt unterwegs in die Berge sein könnte und warum ich eigentlich nicht mitgefahren bin. Meine Ruhe will ich haben. Und deshalb werde ich zu Britta gehen. Oma mag ich auch nicht sehen, keinen von der Familie, ich glaube, ich bin gründlich familiensatt. Britta, die weiß von nichts, und das ist gut so. Wir können baden gehen oder Zeitschriften durchblättern und Musik hören und uns gegenseitig Frisuren machen – und endlich die Ferien genießen, wobei Britta schon einen Vorsprung von zwei Wochen hat! Auf einmal habe ich es eilig.

Meine Mutter ist inzwischen dazu übergegangen, Noten zu sortieren. Zerstreut blickt sie mich an.

»Mama«, sage ich schnell, ehe das Mitleid mich aufweicht, »ich will zu Britta. Ist es dir recht?«

Sie überlegt angestrengt.

»Mama?«

Da nickt sie endlich und fragt: »Wann kommst du zurück?«

Sobald hier alles wieder stimmt!, will ich sie anfauchen. »Am Abend?«, schlage ich stattdessen vor.

»Geh nur«, sagt meine Mutter mit dem Versuch, mütterlich zu lächeln. Es gerät ihr restlos daneben.

Ich ergreife die Flucht.

*

Britta ist noch drei Tage zu Hause – mein Glück! –, ehe sie mit ihren Eltern und Lukas in Campingurlaub fährt. Am liebsten würde ich mich dazu einladen. Aber sie haben sich ein Wohnmobil für gerade mal vier Personen gemietet, und ich kann mir was Schöneres vorstellen, als so dicht mit Lukas zusammengepfercht zu sein. Abgesehen davon, dass ich jetzt gerade nicht weg will. Auch wenn ich familiensatt bin, ist nicht zu leugnen, dass mir meine Eltern ununterbrochen im Kopf rumspuken. Meine Angst, dass es zur Scheidung kommt ... Ein paar Mal bin ich drauf und dran, mit Britta darüber zu reden. Es wäre eine solche Wohltat! Aber dann stelle ich mir das Gespräch vor und klappe erschrocken den Mund zu. Als würde alles erst wahr werden – dass Mama was mit Ken hatte –, wenn ich es ausspreche.

Nein, ich behalte das schön für mich! Was weiß ich denn schon? Gar nichts! Sind doch alles bloß Vermutungen von mir!

Meine Mutter hat offensichtlich kein Bedürfnis, mir die Wahrheit zu sagen oder überhaupt mit mir darüber zu reden, sie hat Wichtigeres zu tun, sie dekoriert nämlich wie eine Wilde das ganze Haus neu. Jeden Abend, wenn ich heimkomme, fehlen irgendwo die vertrauten Vorhänge und sind durch andere ersetzt. Einmal muss ich dabei helfen, und da sehe ich erst, was für eine Höllenarbeit das ist. Meine Mutter hat rote Wangen, ist aufgeregt, begeistert, gestresst, alles zusammen, und freut sich riesig über die kolossale Wirkung, die angeblich von neuen Vorhängen ausgeht. Unser Duschvorhang muss auch dran glauben und die Klobürste und der Fußabtreter vor der Haustür und was sonst noch alles.

»Warum machst du das eigentlich?«, frage ich endlich.

»Was?«, gibt meine Mutter zurück.

»Dieses ... Neue.« An der Wand hängt zum Beispiel ein

Bild, wo vorher ein Spiegel war. Wo der Spiegel jetzt ist, habe ich noch nicht entdeckt.

Mama schaut mich erstaunt an. »Weil es dringend nötig war, Madeleine! Wirklich. Mit den Jahren veraltet und vergammelt alles, man achtet gar nicht mehr darauf … Jetzt sehe ich wieder, wie schön unser Haus ist. Ich hatte es nicht mehr gewusst. Oder gefällt es dir vielleicht nicht?«

»Doch«, bestätige ich. Ich mustere die Flügeltüren zum Garten. »Besonders die durchsichtigen Vorhänge.« Sie sind zartgelb und so leicht, dass sie sich beim geringsten Luftzug blähen. Vorher hatten wir da einen schweren, dunkelblauen Bühnenvorhang.

»Ja, nicht wahr«, freut sich meine Mutter. »Ein Traum, diese transparenten Schals! Wie sie das Sonnenlicht einfangen …«

Ich reiße sie ja ungern aus ihrer Glückseligkeit, aber ich kann die Frage nicht mehr zurückhalten: »Glaubst du, dass es dem Papa auch gefällt?«

Die Farbe weicht meiner Mutter schneller aus dem Gesicht, als ich meinen vorlauten Mund zukriege. Ihre Lippen fangen zu beben an. »Ich hoffe es«, flüstert sie mühsam und dreht das Gesicht von mir weg.

»Mama …«, sage ich hilflos. Und dann: »Du, es ist alles sehr schön, wirklich. Es wird ihm gefallen, bestimmt.« Ich komme mir so unbeholfen vor. Genauso plump, wie ich aussehe. Was kann ich nur tun, damit sie mir glaubt? Jetzt steht sie da und heult in ihre Hände.

»Mama …« Ich könnte mitheulen.

Sie schnieft und sucht nach einem Taschentuch. »Schon gut, Madeleine«, sagt sie tonlos.

Nichts ist gut, gar nichts. Mein Vater treibt sich irgendwo

in den Bergen rum und kann abgestürzt sein, ohne dass wir was davon wüssten. Telefonhäuschen gibt's da oben keine und er würde sowieso nicht anrufen. Wir können nur warten, dass die paar Tage, von denen er gesprochen hat, vorübergehen. So, wie ich zu Britta geflüchtet bin, hat sich meine Mutter in diese anstrengende Arbeit gestürzt, damit sie es aushalten kann, das wird mir jetzt klar. Und außerdem ist das, was mein Vater da abzieht, vielleicht auch so was wie eine Flucht, oder? Irrer Gedanke von mir, nicht zu beweisen. Hauen wir alle voreinander ab – und warum?

Verwirrt schüttle ich den Kopf und bin froh, dass mir was Praktisches und Vernünftiges einfällt. »Ich helf dir ab morgen«, biete ich meiner Mutter an. »Britta fährt sowieso in die Ferien.«

Zusammen machen wir uns am nächsten Tag über mein Zimmer her. Abends sitzt meine Mutter am Sekretär im Wohnzimmer und schreibt Briefe. Ich habe sie nie ein Kuvert beschriften sehen, und nach fünf Tagen weiß ich auch, warum: Sie sammelt die Briefe und legt sie alle auf einen Stapel. Will sie den vielleicht in einem Paket verschicken? Nach England, nach Amerika?

Da meine Mutter von selbst nichts sagt, frage ich auch nicht. Aber ich warte den Moment ab, in dem sie mal kurz hinausgeht. Ich weiß, das tut man nicht. Wenn jemand das bei mir machen würde, dem würde ich die Augen auskratzen. Ich will die Briefe nicht lesen, das nicht, ich will nur wissen, wer sie kriegen soll.

Da meine Mutter in den Keller gegangen ist, reicht die Zeit für einen kurzen Check. Zögernd und voll böser Ahnungen blättere ich durch die zusammengefalteten Seiten.

»Robert, du …«

Mir fährt ein heißer Stich mittendurch. Hastig überzeuge ich mich genauer. Die Briefe sind alle für meinen Vater!

Als ich die Schritte meiner Mutter höre, werfe ich mich wieder auf die Couch, stütze die heißen Backen in die Hände und starre in mein Buch, ohne eine Zeile zu sehen.

Die Briefe sind alle für meinen Vater! Das kann doch nur etwas Gutes bedeuten, oder? Vielleicht schreibt auch er auf seiner einsamen Berghütte Briefe an sie – oder denkt er eher über die Scheidung nach? Und ist das, was er da abzieht, eigentlich auch so was wie eine Flucht?

Wie eine, die das Familiendrama satt hat, verhalte ich mich wirklich nicht. Ich warte mit zerreißender Sehnsucht und voller Angst auf ein Lebenszeichen von meinem Vater.

Das kommt dann ganz undramatisch mitten im Frühstück in Form eines Anrufs. Wir stürzen wie immer beide zum Telefon, meine Mutter und ich, aber ich bin schneller.

»Madeleine? Ich bin auf der Heimfahrt«, sagt mein Vater.

»Wann kommst du?«, keuche ich.

Mama vergisst, dass sie ihr Frühstücksbrötchen mitgenommen hat. Das ploppt auf den Boden, mit dem Schwerpunkt nach unten, der Schwerpunkt ist die Marmeladenseite. Im selben Moment sagt mein Vater: »In etwa drei Stunden.«

Völlig hysterisch kreische ich ins Telefon, dass Mama soeben vor irrer Freude ihre Marmeladensemmel runtergeschmissen hat und dass wir beide ganz aus dem Häuschen sind und dass er bloß vorsichtig fahren soll …

Meine Mutter will mir den Hörer wegnehmen. Aber da hat Papa schon »tschüs« gesagt und eingehängt.

Wir starren uns kurz an, dann werden wir fieberhaft tätig.

Als mein Vater eintrifft, sehe ich, dass ich meine hochgeschraubten Erwartungen hübsch zurückfahren darf.

Kein Kuss für Mama. Sie sind höflich zueinander wie zwei Fremde, die Angst haben, sich etwas zu vergeben, wenn sie zu freundlich sind. Mein Vater registriert die Veränderungen im Haus und äußert sich sparsam darüber, ohne Begeisterung. Meine Mutter, die alles mit solchem Feuereifer umgekrempelt hat, passt sich an und tut, als wäre das ruck, zuck von selbst passiert und nicht der Rede wert.

»Du hast was versäumt, Madeleine«, sagt mein Vater zu mir, wobei sein höfliches Lächeln endlich Wärme gewinnt. »Du hättest mitkommen sollen …«

»Erzähl doch, Robert«, fordert ihn Mama auf, obwohl sie nicht angesprochen wurde – was ihr unheimlich wehtun muss. »Wir können übrigens essen, ich dachte, du bist vielleicht ausgehungert«, wirft sie noch ein. »Du hast abgenommen …« Was hätte mein Vater vor Wochen nicht alles für diesen Satz von ihr gegeben! Jetzt runzelt er nur unwillig die Stirn und zuckt mit den Schultern.

Beim Erzählen taut er dann aber allmählich auf. Zuerst redet er nur für mich. Was wahrscheinlich ganz natürlich ist, denn ich bin es ja, die er eingeladen hatte mitzukommen. Ich bin so verkrampft, dass ich fast nicht zuhören kann. Erst als er ab und zu auch Mama anschaut, wird es besser. Er zeigt uns auf der Karte, wo genau er war, und bedauert, dass die Karte natürlich gar nichts von der Schönheit der Berge wiedergibt.

»Allerdings«, murmelt er, »empfindet man das alles vielleicht nur dann so intensiv, wenn man allein ist.« Seine Augen sind auf einen Punkt auf der Karte gerichtet, uns sieht er nicht an.

Meine Mutter schluckt und quält sich eine Rede ab. Sie würde jetzt furchtbar gern mit uns in Urlaub fahren, sagt sie. Sie habe sich bereits darum gekümmert, und wenn es uns recht wäre ... also, sie würde gerne nach Tschechien fahren, mit einer Reisegruppe, das wäre mal was anderes. Die Goldene Stadt Prag, die Karlsburg ...

Mit mir hat sie darüber überhaupt nicht gesprochen. Daran merke ich, dass sie total auf meinen Vater fixiert ist. Und dass die Reise selbst wahrscheinlich gar nicht das Wichtigste ist.

Mein Vater schaut skeptisch drein. »Eine Busreise?«

»Ja.« Meine Mutter nickt plötzlich ganz eifrig. »Es sind noch Plätze frei, weil eine andere Familie von der Reise zurückgetreten ist. Normalerweise würden wir um diese Zeit gar nichts mehr kriegen, aber wir müssen uns sofort entscheiden! Eine Busreise wäre doch mal was ganz Neues! Mit einem Reiseleiter, der uns alles zeigt ...«

Ich persönlich weiß nicht, was ich von einem solchen Urlaub halten soll. Klingt nicht hundertprozentig nach meinem Geschmack. Ich beobachte erst mal meinen Vater. Wird er aus der überdrehten Lebhaftigkeit meiner Mutter schlau?

Jedenfalls geht er aus Höflichkeit und Rücksicht darauf ein und sagt schließlich: »Ja, wenn du dich schon darum gekümmert hast ...«

Meine Mutter atmet so tief ein, dass es sich fast wie ein Schluchzen anhört.

Vom befreienden Kuss und einer elternlosen Fahrt

Die Reise ist anders als alles, was wir bisher gemeinsam in den Ferien unternommen haben. Angefangen davon, dass ständig eine Menge Leute um uns sind. Das könnte ja aufregend sein, aber leider ist niemand in meinem Alter dabei. Nur zwei Studentinnen, aber auch die sind viel zu alt. Ohne die Studentinnen und mich wären meine Eltern die Jüngsten. Wunderbar, ein Bus voller Gruftis!

Das hat meine Mutter natürlich nicht gewusst und sie sagt, für mich tue es ihr furchtbar Leid, aber die paar Tage wären ja bald vorüber und ich könne immerhin etwas für meine Bildung aus der Reise schlagen.

Ich knirsche mit den Zähnen, aber es hilft nichts. Ich kann nur auf Durchzug schalten, wenn uns der Reiseleiter totredet.

Wir müssen ununterbrochen Gebäude besichtigen, die sehr historisch sind und wo an jedem Tisch und an jedem Fenster in vergangenen Zeiten Sachen passiert sind, die der Reiseleiter wirklich toll erzählt – aber es ist einfach zu viel. Kaum haben mittags die Letzten von uns ihr Essen gekriegt, wird schon zum Weiterfahren gedrängt, obwohl wir noch mit hundert Touristen aus anderen Reisegruppen vor den Toiletten anstehen müssen. Und obwohl die Mahlzeiten sowieso mein einziger Trost sind.

So geht das tagelang. An den Abenden tun uns die Füße

weh und wir wollen eigentlich nur noch ins Bett – zumindest mein Vater und ich.

Meine Mutter, die wird anscheinend nie müde. Wofür ich mir eine Erklärung zusammenreime. Sie demonstriert meinem Vater wahrscheinlich, dass sie jetzt ganz anwesend ist und nicht mehr in Gedanken weit weg bei jemand anderem. Sie hängt an den Lippen des Reiseleiters und interessiert sich für jedes einzelne Bild in jeder einzelnen Kirche, als hätte sie plötzlich die Musik gegen die bildende Kunst getauscht. Aber diese ganze Gesellschaftsreise passt überhaupt nicht zu ihr. Ich werde den Verdacht nicht los, dass sie vielleicht irgendwie Angst hatte, mit meinem Vater plötzlich allein zu sein, nach allem, was war, und dass sie sich deshalb einer Gruppe anschließen wollte. Angst ist sicher nicht das richtige Wort. Aber mir fällt kein besseres ein.

Abends sitzen alle beim Wein und tun, als würden sie sich schon ewig kennen. Nur die Studentinnen nicht, die gehen lieber weg. Zu mir sind sie ganz nett, aber sie laden mich nicht ein mitzukommen. Ich weiß, was sie sehen: ein pummeliges Kind – knirsch –, das ihnen auf die Nerven fallen würde. Würde ich nicht und Kind bin ich auch keines! Die Alten öden mich an, deshalb verziehe ich mich freiwillig ins Bett, wobei mir mein Vater manchmal sehnsüchtig nachblickt – vermutlich wegen seiner müden Füße, die er endlich hochlegen will.

In den Nächten passiert meines Wissens nichts. Ich schlafe in einem Behelfsbett im Zimmer meiner Eltern (was ich absolut blöd finde), und wenn sie hereinkommen, drehe ich mich immer zur Wand und ziehe mir die Decke über die Ohren. Falls sie etwas machen, müssen sie es sehr leise tun. Aber ich glaube eher, dass sie vor Erschöpfung nur noch zum Schlafen ins Bett fallen.

Am Morgen vor der Heimreise bin ich mir nicht mehr so sicher. Haben sie nun in der vergangenen Nacht oder haben sie nicht? Denn mir fällt sofort auf, dass sich etwas geändert hat. Meine Eltern halten plötzlich wie aus heiterem Himmel Händchen! Und reden mit keinem anderen mehr! Sie schauen sich in die Augen und lächeln dabei nicht. Es sieht aus, als forschten sie nach etwas ganz Wichtigem und hätten es beinahe gefunden.

Was der Reiseleiter quasselt, ist mir jetzt völlig schnuppe, ich drücke nur noch die Daumen. Und endlich ertappe ich meine Eltern tatsächlich dabei, wie sie sich hinter einer Säule küssen. Sie können mich nicht sehen, denn sie haben die Augen geschlossen. Deshalb gucke ich ungeniert zu.

Ich weiß nicht, ob der Kuss von zwei Leuten schon mal eine dritte Person glücklicher gemacht hat. Außerdem finde ich, dass nach einem solchen Kuss nichts mehr sein kann, wie es vorher war. Und vorher, ist das nicht vielleicht absolute Kacke gewesen? Es ist genau, genau, genau der Kuss, den ich mir zur Sonnenfinsternis gewünscht habe. Ein Kuss wie ein Donnerschlag. Einer von der Sorte, die Dornenhecken zum Blühen bringt und ein ganzes Schloss aus dem Zauberschlaf erweckt. Hurrrraaa!

*

»Wieder zwei Kilo weniger!«, ruft mein Vater, als er daheim von der Waage steigt. Sein Gewicht interessiert ihn, das Leben hat ihn wieder!

Meine Mutter lächelt, mit einem Rest von Traurigkeit in den Augen. Sie sortiert nämlich gerade die Post und ich beobachte sie genau. Es ist kein Brief aus England dabei und auch keiner aus Amerika. Ich atme auf. Jetzt erst traue ich dem Glück wirklich.

Jemand, der wochenlang gefoltert und in einem dunklen Verlies gehalten wurde und der plötzlich freigelassen wird und das Sonnenlicht sieht, kann sich kaum besser fühlen, als ich mich heute fühle. Ich finde außerdem, ich habe eine Menge Geduld mit meinen Eltern gehabt und größtes Taktgefühl bewiesen. Ich bin nur ganz selten ausgeflippt und habe auch über die dumme Gesellschaftsreise nicht zu viel gemotzt.

Deshalb platze ich heraus: »Und jetzt will ich endlich richtige Ferien machen! Ich will weg, und zwar ohne euch!«

So, das musste sein. Ich hole Luft und schaue die beiden herausfordernd an. Kein Grund mehr, sie wie rohe Eier zu behandeln.

»War sie so schlimm?«, fragt meine Mutter erschrocken.

»Wer?«

»Die Reise!«

»Allerdings«, sage ich, ohne mit der Wimper zu zucken.

Meine Eltern tauschen einen Blick. Dann streckt mein Vater die Hand nach mir aus. Aber ich bin nicht in Kuschellaune, ich weiche zurück. »Alle dürfen ...«, beginne ich mit lauter Stimme.

Mein Vater schüttelt den Kopf und grinst. »Psst, Madeleine, was regst du dich denn gleich auf? Wir haben ja gar nichts dagegen!«

»Wir wollten dich eigentlich fragen«, macht meine Mutter weiter, »ob du nicht vielleicht nach Kiel willst!«

Ich muss mich setzen. »Ich? Allein?«

»Ja, dachten wir«, sagt mein Vater.

»In dem Fall … also, das passt mir«, sage ich lässig. Dabei bummert mir das Herz vor Freude. Dann beschleicht mich ein Verdacht. »Ihr wollt mich loshaben?«

»Öm, wenn du das so nennen willst …« Mein Vater lacht und sieht meine Mutter an, mit einem Blick, der mich an den Kuss hinter der Säule erinnert. Die zwei benehmen sich widerlich verliebt, ich kann mir das nicht mehr länger mit anschauen. Deshalb stehe ich schnell auf. Immer müssen sie übertreiben.

»Ich ruf mal gleich Opa und Oma an«, sage ich geschäftsmäßig.

»Ja, mach das«, stimmt meine Mutter zu. »Grüße sie von uns und frag, ob du für eine Woche kommen kannst. Sag, dass du die Bahn nimmst und sie dich abholen müssen.«

»Ja, ja.« Ich winke ungeduldig ab, sie soll verschwinden und mir nicht zum Telefon nachlaufen. Hier und jetzt beginnt meine Freiheit!

*

Es ist total aufregend, am Montag in aller Frühe mit einem schweren Rucksack am Bahnhof zu stehen, im Bauch die Vorfreude auf acht tolle Stunden Fahrt. Nur leider lässt sich mein besorgter Begleiter nicht abwimmeln. Er nimmt seine Vaterpflichten ernst und will mich sicher und wohlbehalten im richtigen Zug wissen, ehe er abzieht. Der Rucksack ist deshalb so schwer, weil mein Vater ihn mit Proviant voll gestopft hat, als würde ich zu einer Überlebenstour aufbrechen. Ich habe nicht protestiert, weil ich schon erfolgreich die schicke Reisetasche meiner Mutter abgewehrt hatte. Eine Reisetasche!

Ich zische meinem Vater triumphierend zu: »Siehst du die Leute mit ihren Koffern und Taschen? Das sind alles Gruftis!«

Meine Augen bleiben sehnsüchtig an einer Gruppe von Jungen und Mädchen hängen, die mit ihren Rucksäcken genau wie ich auf den ICE nach Hamburg warten und die im Gegensatz zu den langweiligen Alten richtig aufgedreht sind. Würde mein Vater endlich gehen, könnten sie mich vielleicht entdecken und in ihren Kreis aufnehmen ...

Aber er bleibt mir treu, bis ich sicher auf meinem reservierten Platz im Zug sitze. Die Jungen und Mädchen sind natürlich auf Nimmerwiedersehen in einem anderen Wagen verschwunden. Mein Vater tritt draußen noch immer auf der Stelle, formt Worte mit den Lippen und zeichnet mit den Händen was in die Luft – wahrscheinlich den gelben Abfahrtsplan, auf dem ich nach meiner Ankunft in Hamburg sofort nachsehen soll, wo der Regionalexpress nach Kiel einfährt. Kann ja sein, dass ich bis zu dem betreffenden Gleis Gott-weiß-wie-weit laufen muss ... Die größte Angst meiner Eltern ist, ich könnte im Hamburger Hauptbahnhof verloren gehen, und diese Angst demonstriert mein Vater gerade da draußen vor allen Leuten.

Ich bin der Bahn unendlich dankbar dafür, dass sie die Jugendgruppe woanders einquartiert hat. »Es reicht! Willst du jetzt bitte verduften«, hauche ich hinter der Fensterscheibe und schenke meinem Vater ein breites Abschiedslächeln.

Der Zug hat ein Einsehen und fährt an – sehr schnell, schon ist mein Vater weg. Mir ist für einen Moment mulmig, aber dann lasse ich mich aufatmend in den Sitz fallen. Zug fahren kann nicht so schwer sein. Und ich habe acht Stunden vor mir, in denen alles Mögliche passieren kann …

Mir gegenüber haben zu meinem Schreck zwei graue Herren Platz genommen. Sie ziehen wichtige Papiere aus ledernen Köfferchen und breiten sie auf dem Tisch zwischen uns aus. Oje. Laut meinem Plan können sie in Augsburg, Nürnberg, Würzburg, Fulda, Kassel, Göttingen, Hannover oder Hamburg aussteigen. Ich bete, dass es Augsburg ist. Dann werden die Plätze frei für zwei Rucksackleute.

Als wir eine halbe Stunde später in Augsburg nach einer Minute Stopp wieder anfahren, heißt mein Wunsch Nürnberg. Aber die Herren holen sich kurz vorher Kaffee, was meine Aussichten auf ein Minimum reduziert. Tatsächlich bleiben sie nicht nur in Nürnberg, sondern auch in Würzburg sitzen und blockieren wertvolle Plätze, auf die das Schicksal zwei nette Jungen hätte setzen können. Ich futtere verbissen vor mich hin, aber vor jeder Station höre ich rechtzeitig damit auf. Denn wenn das Wunder geschieht, will ich nicht gerade mit vollen Backen kauen. Sobald aber der Zug anfährt, ohne dass sich etwas geändert hat, arbeite ich mich weiter durch meinen Proviant.

Nachdem sich auch in Fulda, Kassel und Göttingen nichts getan hat, stehe ich auf. Wer mir nachblickt, kann auf meinem Rücken *Meet me here lesen,* was der glatte Hohn ist. Bis Hannover spiele ich am Info-Computer im Vorraum herum und gewöhne mich zähneknirschend an den Gedanken, dass mein aufregender Urlaub offensichtlich nicht mit der Fahrt, sondern mit der Ankunft beginnt. Wenn ich erst mal in Kiel bin!

Ein Wunder wäre keins, wenn man es vorhersehen oder planen könnte. In Hannover, wo ich mich seelisch bereits aufs Umsteigen in Hamburg vorbereite, drängen nämlich mit Getöse vier Jungen in den Wagen. Ich kann ein Stück weit ihren Weg durch den ICE verfolgen und ihre vergebliche Suche nach vier Sitzplätzen. Schließlich landen sie wieder bei mir, wo sie sich schon einmal mit ihren Rucksäcken vorbeigezwängt haben. Ich tarne meine Freude hinter einem mitfühlenden Blick.

Einer der Jungen meint: »Du hast garantiert auch keine Platzreservierung?« Er redet mit mir! Das Wunder nimmt seinen Lauf!

Wer keine Platzreservierung hat, steht hier rum, wo interessante Leute vorbeikommen. Warum ist mir das nicht schon vor Stunden eingefallen? »Rate mal«, antworte ich aufgedreht.

»Dachte ich mir.«

Die Jungen sind im richtigen Alter, vielleicht fünfzehn oder so, und haben einen lustigen Dialekt, so einen wie der Sprecher im Schweizer Fernsehen. Das Beste an ihnen ist, dass sie beschließen, sich hier häuslich niederzulassen. Sie stellen bereits ihre Rucksäcke ab.

Einer, der Kevin heißt, macht mich auf etwas aufmerksam: »Du, ein Platz wäre da drin aber frei!« Damit zeigt er über seine Schulter zu einem mir wohlbekannten Sitzplatz.

»Du kannst ihn haben, es ist meiner«, gebe ich zurück und freue mich an seiner Überraschung. Fühlt sich gut an, ein kleines Biest zu sein. Auch wenn das Herz dabei klopft.

»Hast du nicht gesagt …«

Ich schüttle unschuldig den Kopf. »Im Gepäckfach darüber ist ein Rucksack. Der gehört mir.«

»Warum sitzt du dann nicht dort?«

»Aus Solidarität?«, überlege ich laut.

Kevin lacht anerkennend, die anderen mustern mich interessiert, und ich bin sehr froh, dass mir so eine gute Antwort geglückt ist. Schließlich, irgendwas muss man ja haben, wenn man schon mit meiner Figur gestraft ist. Ich werde übermütig und schlage vor, dass die Jungen eigentlich alle ihre Rucksäcke auf meinem Sitz stapeln könnten, dann wäre hier mehr Platz.

Sie machen es.

Die gediegenen Herren wundern sich, als unter meiner Regie das ganze Gepäck ihnen gegenüber landet. Ich bekomme den ersten richtigen Blick von ihnen. Danach öffnen sie den Mund, um sich zu beschweren.

»Kann nichts passieren, alles gut verkeilt«, kommt ihnen Kevin liebenswürdig zuvor. Wir machen uns davon und lassen uns am Boden im Vorraum nieder.

Die Jungen sind aus Basel. Sie haben dieses Ferienticket, mit dem man beliebig viele Fahrten durch ganz Deutschland machen kann.

Die Städte am Rhein liegen schon hinter ihnen. Nun haben sie sich Hannover angesehen und wollen weiter nach Hamburg und von dort noch kurz nach Berlin, ehe es in einer Nachtfahrt zurückgeht. Bernd und Jossi finden, Hamburg sei die ultimative Stadt, sie wollen in Hamburg bleiben, und das muss ein Witz zwischen den beiden sein, denn sie lachen sich schief darüber.

Wie ich sie beneide! Aus dem Benehmen meines Vaters heute Morgen zu schließen, darf ich an so was noch lange nicht denken. Ich muss schon damit zufrieden sein, dass man mir diese Fahrt zu Opa und Oma zutraut. Was ich natürlich für mich behalte. Dafür fange ich an, wie ein Reiseführer von Kiel zu reden. Wenn ich überzeugend genug bin, disponieren die Jungen vielleicht um. In Berlin werden sie schließlich von keinem erwartet.

Kevin gefällt mir am besten. Aber dann doch nicht mehr. Ich meine – ich weiß nicht. Johannes, der am wenigsten sagt und am sparsamsten lacht, verdrängt ihn allmählich vom Platz Nummer eins und behauptet sich dort. Wie er schaut, wie er manchmal den Kopf in den Nacken wirft ...

Ich bin drauf und dran, mich in Johannes zu verlieben, und kann schon kaum mehr in seine Richtung gucken, ohne zu stottern, als eine muntere Stimme im Lautsprecher Hamburg ankündigt.

Ich fahre zusammen und werde hektisch. Gleich zwölf Uhr – wie kann die Zeit nur so schnell verfliegen? Und warum hab ich nicht längst vom Laden meiner Großeltern berichtet und die Adresse bekannt gegeben? Das hole ich nun aufgeregt nach.

Die Jungen hören mir zu, aber eigentlich wollen sie jetzt zu ihren Rucksäcken.

»Leicht zu merken, Dänische Straße«, wiederhole ich drängend. Ich muss es riskieren, dass sie mich für eine Plage halten. Nicht auszudenken, wenn sie wirklich nach Kiel kommen und den Laden nicht finden!

Dann stehen wir draußen und werden vom Strom der Reisenden in eine bestimmte Richtung geschoben. Es ist der Ausgang. Die Jungen haben nichts dagegen. Aber ich sollte besser nicht – mein Vater und der gelbe Abfahrtsplan wollen, dass ich den Regionalexpress nach Kiel suche. Oh, verdammt!

Gucken die Jungs sich wenigstens um, wenn ich jetzt vor der mistigen Tafel stehen bleibe?

Jawohl, das machen sie. Kevin kommt als Erster zurück und sagt mit ausgebreiteten Armen: »Tja, hier trennen sich also unsere Wege!« Er gibt meinem Rucksack einen freundschaftlichen Stoß und Bernd und Jossi machen dasselbe. Soll das Abschied auf Schweizerisch sein?

Johannes zögert. »Wir könnten Madeleine doch noch zu ihrem Bahnsteig bringen ...«

Mein Herz fliegt ihm mit Lichtgeschwindigkeit zu. Nur wird leider nichts aus der Sache, denn Bernd und Jossi haben Appetit auf einen Hamburger, jetzt und sofort, deswegen sind sie schließlich nach Hamburg gekommen, haha.

Also noch einmal in Eile das Abschiedsgeklopfe. Johannes zuckt bedauernd mit den Schultern. Seinem Blick entnehme ich, dass er von mir mehr hält als von einem Hamburger.

Ich hebe die Hand. »Vergesst nicht, falls ihr nach Kiel kommt, Dänische Straße!«, rufe ich munter, während mein Herz bricht.

»Gebongt!« Auch Kevin wirft eine Hand hoch, ehe er Bernd und Jossi folgt.

Johannes steht noch einen Moment da. »Mach's gut«, sagt er, lächelt mir zu und läuft dann rasch hinter Kevin zum Ausgang.

Ich habe das festgefrorene Grinsen noch im Gesicht, als ich schon längst von den vieren nichts mehr sehe. Endlich drehe ich mich um.

Der gelbe Abfahrtsplan verschwimmt mir vor den Augen. Ein weiteres Wunder an diesem Tag ist, dass ich das richtige Gleis trotzdem finde. In zwei Minuten bin ich auch schon dort und sitze dann viel zu früh im Zug. Wir hätten noch locker ...

Ich fühle mich verlassen und total einsam, mein Herz ist schwerer als mein Rucksack. Doch zu meiner eigenen Überraschung fange ich an, mich allmählich aufzurichten und vorauszudenken statt zurück. In Kiel werde ich Johannes ganz sicher wieder sehen – wenn er kommt. Sein Lächeln war danach, bestimmt. Wenn sie von Hamburg genug haben, kommen sie. Ein, zwei Tage, länger waren sie in keiner Stadt. Vielleicht kommen sie auch nur zu zweit – Bernd und Jossi können von mir aus in Hamburg alt werden. Da interessiert sich mal einer für mich und seine blöden Artgenossen verhindern alles! Die sollen bei Mc Donald's verrotten.

Auf nach Kiel – ich fahre Johannes nur voraus!

*

Ich habe Oma und Opa zuletzt an Weihnachten gesehen, als sie uns besucht haben. Sie sind seitdem keinen Tag älter geworden. Was man von mir nicht behaupten kann.

Opa begutachtet mich nach der Art von Onkel Bangemann. Muss ein Alte-Herren-Tick sein! Oma schüttelt nur überrascht den Kopf, ehe sie mich für ein Sekündchen an sich zieht. »Ich freu mich, Madeleine«, sagt sie schlicht. Sie vergeudet ihre Zeit nicht mit Gefühlsäußerungen, das Geschäft wartet schon wieder. So ist sie, und wenn man das weiß, richtet man sich danach. Opa tut seit vierzig Jahren nichts anderes, sagt mein Vater. Was er nur von meiner Mutter wissen kann.

Egal. Jetzt bin ich erst mal hier und ich freue mich. Von Hamburg nach Kiel, das ist ja nur eine gute Stunde! O Johannes …

Wir gehen gleich in den Laden, der bis zum Abend geöffnet hat. In den Ferien läuft das Geschäft besonders gut, sagt Oma. Die Touristen kommen zum Stöbern herein und nehmen ein Mitbringsel oder ein Andenken mit nach Hause, wenn es klein genug und nicht zu teuer ist. Deshalb hat Oma viele handliche Antiquitäten eingekauft. Die haben nur den Nachteil, dass man sie leicht einstecken kann. Und weil der Laden außerdem aus drei Räumen besteht, hat Oma Überwachungskameras installieren lassen, die ihre Bilder hinter die Ladentheke am Ausgang senden. Dort sitzt Opa und guckt schräg nach unten, als wäre er immerzu schläfrig. Dass da ein Monitor ist, sieht man nicht.

Die Theke selbst ist ein wunderschönes, antikes Stück mit einer abschließbaren Glasplatte. Darunter liegen auf dunkelblauem Samt die besonders kleinen und wertvollen Gegenstände. Ringe, Ketten, Tabakdosen, Münzen, Anstecknadeln, Pillendöschen, Medaillons, Miniaturen. Hinter dem Glas einer verschlossenen Vitrine schimmert Kristall und Porzellan. An den Wänden hängen Bilder und Uhren. Im zweiten Raum sind Bücher und Möbel und im dritten lagert der Krempel in Regalen. Im dritten Raum halten sich die Kunden am längsten auf.

Oma versucht unauffällig überall gleichzeitig zu sein. Sie gibt Auskunft und berät. Nebenbei macht sie mich auf ihre Lieblingsstücke aufmerksam und erzählt mir Geschichten dazu. Opa überwacht und kassiert, und wenn Oma außer Hörweite ist, lässt er leichter mit sich handeln. Das merken die Kunden und nützen es aus. Dann zwinkert er mir zu, seufzt, legt den Finger auf die Lippen und verdreht die Augen in Richtung Hinterzimmer.

Ich bin gerne bei Opa, wenn gerade niemand was von ihm

will. Mit den kleinen Kostbarkeiten auf Samt kennt er sich gut aus. Ich kann ihn alles fragen und er nimmt die Sachen auch für mich heraus. Ein Pillendöschen hat es mir besonders angetan.

Opa sagt: »Das kriegst du vor deiner Abreise, falls du bis dahin nicht was anderes lieber haben willst. Soll ich es zur Seite legen?«

Ich betrachte das Döschen, das mir schon beinahe gehört. »Nein«, entscheide ich, »spielen wir Schicksal. Wenn es weg ist, ist es weg.«

Opa lächelt mir zu.

Auf dem Gehsteig vor dem Laden stapeln sich Sonderangebote. Die müssen auch bewacht werden. Bald mache ich das zu meiner Hauptaufgabe. Nichts kriegt mich mehr für länger als eine Minute in die hinteren Räume. Denn dort könnte ich ja versäumen, wie zwei oder vier Jungen (vielleicht auch nur einer, was am schönsten wäre) hereinkommen und sich nach mir umsehen.

Schon ab Dienstag warte ich heftig auf Besuch, am Mittwoch kriege ich vor Herzklopfen fast kein Essen runter, am Donnerstag kippt mein Warten in Verzweiflung um – aber ich warte noch immer. Am Freitag bin ich ganz nah am Heulen, und am Samstag packt mich dafür die Gewissheit, dass sie genau heute kommen. Warum sollen sie sich nicht fünf Tage lang Hamburg angesehen haben? Vielleicht lassen sie Berlin sausen und verbringen den Rest ihrer Ferien in Kiel!

Johannes, formen meine Lippen lautlos seinen Namen, immer wenn ich mich unbeobachtet glaube. Erst als Opa den Tick unwillkürlich übernimmt, merke ich, dass mich die verflixten Kameras erwischt haben müssen. Und nicht nur die.

Denn Oma rät mir, besser nicht so oft die Lippen zu spitzen. Oder ob ich mir vielleicht Lippenfältchen antrainieren will?

Ich heuchle den beiden die ganze Woche lang lebhaftes Interesse an Antiquitäten vor, damit sie nichts von meiner wahren Seelenlage mitkriegen. Die ist am Samstagabend dann so trostlos, dass mir zum ersten Mal der Schnabel stillsteht. Oma und Opa sind gerührt. Denn sie schließen daraus, dass ich traurig bin, weil meine Zeit bei ihnen zu Ende geht und ich wieder in die Schule muss. Opa schenkt mir das Pillendöschen und Oma will, dass ich mir noch einen Gegenstand aussuche, egal welchen, ich kriege alles von ihr. Sie hatte ja keine Ahnung, dass ich so viel Liebe zu Antiquitäten habe!

Liebe, ja. Aber nicht zu Antiquitäten. Ich weiß, dass Bernd und Jossi schuld sind. Sie haben zuerst Kevin den Abstecher nach Kiel ausgeredet und dann waren es drei gegen einen. Welche Chance hätte Johannes gehabt?

Vor lauter Niedergeschlagenheit futtere ich am Samstag mehr als an allen anderen Abenden zusammen. Keine Aufregung schnürt mir mehr den Hals zu, es ist alles vorbei. Morgen ist das Geschäft geschlossen und am Montag muss ich zum Zug.

*

Trotzdem packt es mich noch ein letztes Mal. Am Sonntag laufe ich nach dem Frühstück zum Hafen und dort an alle Stellen, wo viele Touristen sind. Ich gucke mir die Augen aus. Aber mir ist dabei sonnenklar, dass niemand wegen einem Pummel wie mir nach Kiel kommt. Wie hab ich nur so verrückt sein können, eine ganze Woche lang im Laden zu hocken und zu warten? Warum bin ich nicht jeden Tag rausgegangen, ich dumme Kuh? Ich hätte vielleicht einen Jungen getroffen, von dessen Namen man keine Lippenfältchen bekommt! Überhaupt streiche ich die Namen Kevin, Bernd und Jossi aus meinem Gedächtnis und Johannes zuallererst! So ein schlaffer Typ, ohne Durchsetzungsvermögen!

Zornig kehre ich zurück und verdrücke beim Mittagessen vier Klöße zum Braten.

»Nun hast du dich an Omas Küche gewöhnt«, sagt Opa bedauernd, »und musst wieder weg!« Er selbst hat zwei Klöße geschafft und braucht dringend ein Mittagsschläfchen.

Ich leiste Oma im Wohnzimmer Gesellschaft. Es zieht mich nicht mehr hinaus. Auch die Vorfreude auf die Bahnfahrt lässt auf sich warten. Stattdessen nagt das schlechte Gewissen an mir, weil ich Oma und Opa was vorgespielt habe. Kann man das an einem halben Tag wieder gutmachen? Wenigstens ein bisschen?

Oma sucht in alten Büchern nach Eselsohren und streicht sie vorsichtig glatt. Die Bücher sind sehr wertvoll und das Papier ist schon brüchig. Deshalb macht sie das am liebsten allein.

Ich betrachte eine lange Fotoreihe an der Wand. Alle Bilder stecken in schönen, antiken Rahmen. Sie hängen ziemlich hoch und ich habe sie eigentlich noch nie angeschaut. Das letzte Mal, als ich hier war, hätte ich mich dazu noch auf einen Schemel stellen müssen.

»Deine Mutter hasst sie«, sagt Oma hinter mir.

»Ach?«

Auf jedem der vierzehn Bilder ist meine Mutter. Man sieht es nicht auf den ersten Blick. Denn das ist nicht Mama von heute, sondern das Kind Alicia. Auf dem ersten Foto jedenfalls. Mit jedem weiteren Bild wird sie ein wenig älter. Meistens sitzt sie am Flügel oder steht davor oder kriegt Blumen. Dreimal sind es keine Blumen, sondern Mozartkugeln.

»Sie war beinahe ein Wunderkind«, sagt Oma leise.

»Wieso nur beinahe?« Ich verzichte darauf, mich zu erkundigen, warum meine Mutter die Bilder hasst. Wahrscheinlich weil sie darauf total affige Kleider anhat. Sie ist aufgedonnert bis zum Gehtnichtmehr. Garantiert ist es diesen grässlichen Kleidern zu verdanken, dass Mama zu Hause in ihrem Album nur das erste und das letzte von den Bildern aufbewahrt. Die kenne ich nämlich. Die kleine Alicia im rosa Rüschenkleidchen und die große elegant in Schwarz. Die vielen dazwischen sind mir neu.

Ich drehe mich um, weil ich keine Antwort bekomme.

Oma lächelt traurig. »Schwer zu erklären. Alicia wurde nicht entdeckt, damals. So gut sie war. Ich meine, sie kam nicht groß raus. Wenn sie vielleicht einmal im Fernsehen gewesen wäre ...« Oma hebt bedauernd die Hand und lässt sie wieder sinken. »Aber was ist nun mit dir, Madeleine? Spielst du wirklich nicht mehr Klavier?«

Ich bin noch mit den Bildern meiner Mutter beschäftigt und wedle mit den Fingern nach hinten. »Mit solchen Händen?« Alicia hat übrigens auf jedem Foto eine andere Frisur. Bemerkenswert.

»Wieso? Was ist mit deinen Händen?«

»Ich hab doch Wurstfinger.«

»Madeleine, was soll das? Du hast dieselben Hände wie deine Mutter. Schau doch mal die Bilder genau an!«

Was hab ich? Ich verenge die Augen und suche die Hände.

Tatsächlich! Wenn man es genau betrachtet, dann hat meine Mutter genau solche Hände gehabt wie ich. Und nicht nur das. Ich reiße Mund und Augen auf. »Oma, Mama war ja *pummelig!*«

»Ein wenig schon«, gibt Oma zu. »Ich hab sie dauernd vor Augen, seit du da bist. Wie kannst du ihr nur so ähnlich sehen!«

Das nimmt mir die Luft. Vielleicht sollte ich mich besser setzen, mir zittern die Knie. Moment, meine Knie … Sind die möglicherweise auch auf einem Foto? O Gott, falls da wirklich meine fetten Knie drauf sind, kippe ich jetzt gleich aus den Schuhen!

Aber Alicias Konzertkleider sind lang und ersparen mir einen Ohnmachtsanfall. Doch sie verraten immer noch genug.

»Oma!« Ich stürze zum Tisch. »War Mama mopsig?«

Oma nimmt ein neues Buch und sagt entrüstet: »Doch nicht *mopsig!*«

»Aber so wie ich?«

»Ja, sag ich doch.«

»Ich *bin* aber mopsig!«

Oma legt das Buch ab und schiebt ihre Brille auf die Stirn. »Du übertreibst, Madeleine. Außerdem ist das nur vorübergehend.«

»Vorübergehend?«

»Natürlich. Oder siehst du bei Alicia auf dem letzten Bild noch was davon? Da war sie siebzehn und gertenschlank.«

O mein Gott. Und vorher war sie ein Mops. Ich sinke entgeistert auf die Couch.

Es ist sehr still, während Oma kopfschüttelnd die Brille auf die Nase rückt, um weiterzumachen. »Dass ihr darüber nicht sprecht, du und deine Mutter ...« Sie gerät ins Grübeln. »Ach ja«, seufzt sie. »Alicia will sich nicht erinnern. Ich weiß, dass sie unglücklich war, ich weiß es. Trotz ihrer Erfolge. Wie dumm von ihr! Aber da konnte man glattweg nichts machen.«

Oma beäugt mich mit plötzlicher Besorgnis. »Bist du auch so, Madeleine?«

»Wie?«

»Na, unzufrieden mit dir selbst?«

»Kann man sagen«, brumme ich.

»Ach, Mädchen!« Oma streicht behutsam an einem Buch herum. »Du musst deiner Mutter nicht alles nachmachen. Die dumme Phase jedenfalls nicht. Ständig unzufrieden sein! Ich habe Alicia nie verstanden. Wenn du die Fotos siehst – Erfolg an Erfolg. Kleine Konzerte zwar, aber trotzdem. Unzufrieden! Wegen einem bisschen Übergewicht! Das dauerte noch nicht mal lange, ein paar Jährchen nur.«

Oma steht jetzt auf und geht zur Wand mit den Bildern. Sie berührt das letzte Bild und wischt ein Staubkörnchen vom Rahmen.

Ein paar Jährchen – und das soll nicht lang sein. »Oma, weißt du eigentlich, wie lang ein einziger Sommer ist, wenn man jede Woche Schwimmen hat?«, rufe ich, wobei mir die Stimme kippt.

Oma lächelt nachsichtig. »Zeit ist relativ.«

»Was meinst du mit relativ?«

»Nun ja«, überlegt Oma, »vom Standort her. Von wo aus du die Zeit betrachtest. Im Rückblick zum Beispiel kommt dir ein Sommer oder ein Jahr nicht mehr lang vor.«

Im Rückblick, toll! Wie, bitte, soll ich das machen?

Mich zwanzig Jahre vorauswünschen und von dort auf mich zurückschauen, als ich fett und unglücklich war?

»Du bist noch nicht mal vierzehn, Madeleine. Wenn du so alt bist wie ich …«

Klar, mit sechzig rege ich mich auch nicht mehr auf!, liegt mir auf der Zunge.

»Du könntest schon mal damit anfangen, ein bisschen weniger zu essen«, schlägt Oma mir vor und setzt sich wieder an ihre Arbeit. »Das hat Alicia auch gemacht. Als ihr der erste Junge nachlief.«

Ich horche auf. »Wann war das?«

Oma überlegt. »Oh – wie soll ich das noch wissen …«

Ich beuge mich vor. »War meine Mutter da noch mopsig?«

Sie verdreht die Augen. »Musst du denn immer dieses Wort gebrauchen, Madeleine?«

»Ja. Warum nicht? Wenn's doch wahr ist.«

»Ach, ihr jungen Leute. Also schön. – Ja!«

Ja. Ich schließe die Augen und beginne glücklich vor mich hin zu grinsen. Ein Junge hat sich auch schon für meine schöne Mama interessiert, als sie noch mopsig war. Einfach super!

Doch dann kommt mir ein neuer Gedanke. »Oma, dieser Junge, der sich für Mama interessierte – der war doch nicht zufällig ein Fan von klassischer Klaviermusik?«

»Nein, leider nicht.« Oma schüttelt den Kopf. »Deshalb war es uns ja überhaupt nicht recht. Wir hatten Angst, dass er Alicia auf andere Gedanken bringen könnte …«

»Gut!«, rufe ich glücklich. »Sehr gut!« Omas längst überholte Sorgen sind mir egal. Jemand ist einem dicklichen Mädchen nachgelaufen. Aber nicht, weil sie so sagenhaft Klavier gespielt hat. Nicht deswegen. Weswegen dann? Weil eben ein

Pummel auch attraktiv sein kann, jawohl, sage ich mir zufrieden. Und weil es vielleicht irgendwo ein paar Leute gibt, die das sehen! Zur Hölle mit Torsten und Lukas und den Typen aus meiner Klasse. Zur Hölle auch mit Kevin und Johannes und mit Bernd und Jossi sowieso. Pah!

Oma lässt ihr Buch sinken. Als sie den Mund aufmacht, merke ich, dass die Gedanken von zwei Leuten, die über dasselbe reden, ganz verschieden sein können.

»Ach, Madeleine, wie lange war ich nicht mehr in einem Konzert! Mir fällt ein, dass sie heute einen Liederabend mit einer Sopranistin geben. Hättest du vielleicht Lust? Opa mag ja sicher nicht …«

»Klar, Oma.« Ein Konzert ist eine gute Idee für meinen letzten Abend hier und warum soll ich mir keine Sopranistin anhören? Ich kenne ja sehr viele Schubertlieder und andere auch.

Opa hütet also Wohnung und Laden. Oma und ich, wir machen uns fein und gehen ins Konzert. (Das Feinste, was ich habe, ist mein Sonnenuntergangshemd. Nicht ganz Omas Geschmack. Wenn sie es rechtzeitig gewusst hätte und wenn nicht Sonntag wäre … Glück gehabt!)

*

Manchmal erlebt man Überraschungen, wenn man überhaupt keine erwartet. Zum Beispiel in einem Konzert. Also, der Liederabend klärt mich über einiges auf. Erstens, dass eine Sopranistin durchaus schlank sein kann, und zweitens, dass es mehr gibt als Schubert & Co.

Zum Beispiel Brecht und Weill. Brecht war ein Dichter,

der hat nicht von Veilchen und Vergissmeinnicht geschrieben, sondern von Krieg und Tod und anderen grausamen Sachen. In seinen Gedichten fragt niemand wie bei Schubert ein Bächlein, ob sein Mädchen ihn liebt. Bei ihm sind die Mädchen meistens Huren und haben ein erbärmliches Leben, jedenfalls diesen Liedern nach. Die Gedichte von Brecht sind von modernen Komponisten vertont worden, kann ich dem Programm entnehmen. Von Kurt Weill zum Beispiel. Solche Lieder habe ich noch nie zuvor gehört.

Die Sängerin ist eine Studentin, eine aus der Abschlussklasse im Fach Gesang, mit kurzen, pechschwarzen Haaren, in engen Hosen und einem Glitzertop. Sie heißt Tamara und wird von ihrem Lehrer am Flügel begleitet. Ich wende den ganzen Abend kein Auge von ihr. Die Hände kleben mir zusammen, und dass ich nicht auch noch mit offenem Mund sabbere, ist reine Glückssache.

Tamara hat eine große Stimme, aber nicht nur das. Sie kann flüstern, hauchen, höhnen und sogar schneidend und gellend singen, dass einem eine Gänsehaut über den ganzen Rücken läuft. Man versteht jedes Wort und jedes ist wichtig.

Ein Lied handelt vom Weib des Nazisoldaten. Alle acht Strophen fangen an mit: *»Und was bekam des Soldaten Weib?«* Also, sie kriegt: Stöckelschuhe aus Prag, ein polnisches Hemd aus Warschau, einen Pelzkragen aus Oslo, einen holländischen Hut aus Rotterdam, seltene Spitzen aus Brüssel, ein seidenes Kleid aus Paris, ein Kettchen aus Tripolis. In der letzten Strophe kriegt sie den Witwenschleier aus Russland.

Das ist richtig grausig. *»Aus Russland bekam sie den Witwenschleier, zu der Totenfeier den Witwenschleier ...«*

So viel Gänsehaut hat auf meinem Rücken kaum Platz.

Oder das Lied von der Seeräuber-Jenny, die Gläser wäscht und dabei von einem Schiff mit acht Segeln und fünfzig Kanonen träumt, das sie abholen kommt. Aber bevor sie davonrauscht, wird sie alle Leute köpfen lassen, alle!

Tamara ist bei diesem Lied so böse, wie sie schön ist. Eiskalt ist sie und gnadenlos. So möchte ich sein! Die Seeräuber-Jenny muss sie zweimal singen, das fordert der ganze Saal. Ich trample am lautesten.

»Und ein Schiff mit acht Segeln und mit fünfzig Kanonen wird liegen am Kai …«, summe ich begeistert vor mich hin, als wir nach dem Konzert heimgehen. Große Gedanken schwirren mir durch den Kopf.

»Madeleine?«

»Hm?«

»Du bist ja eigentlich noch viel zu jung … Aber wenn ich mich nicht täusche, hat es dir gefallen.«

»Mehr als alles auf der Welt, Oma!«, sage ich und bleibe stehen, um im Licht der Straßenlaterne ihre Augen zu suchen. »Mehr als alles, alles, alles. Und ich weiß jetzt, was ich will. Nämlich Gesangsunterricht! Und solche Lieder will ich singen!«

Außerdem werde ich mir die Namen Brecht und Weill merken.

Vom verheißungsvollen Beginn eines neuen Schuljahres

Wenn ich mir etwas wirklich wünsche, dann will ich es sofort haben und nicht von meinem Vater hören, dass es dafür noch relativ früh sei, dass ich mit Gesangsstunden gut noch ein wenig warten könne. Wir hätten genug Zeit, uns am Konservatorium den geeigneten Lehrer oder die passende Lehrerin auszusuchen. Er müsse sich erst mal unter seinen Kolleginnen und Kollegen umsehen.

Das Wort relativ, das ich nun nacheinander von Oma und Papa gehört habe, fällt noch in einem dritten Zusammenhang – als Isabelle zu Besuch kommt. Sie ist die einzige Freundin meiner Mutter. Die beiden kennen sich von ihrem Musikstudium her.

Isabelle will von Mama gleich beim Hereinkommen wissen, wie es ihr denn nun geht. Mama überlegt ein wenig. Dann sagt sie vorsichtig: »Ich bin jetzt relativ glücklich, Isabelle. Ja, so kann man es wohl nennen.«

Klingt irgendwie verdächtig nach tapferem Lächeln. Ich schließe lautlos meine Zimmertür und denke darüber nach. Was, bitte, heißt relativ glücklich? Entweder man ist glücklich oder nicht – aber relativ glücklich?

Heißt es, dass man schon mal glücklicher war oder überhaupt glücklicher sein könnte? Ist das Glück denn nichts Absolutes?

Auf mich machen meine Mutter und mein Vater seit dem

Kuss hinter der Säule einen ganz und gar glücklichen Eindruck. Aber ich komme nicht drum rum zu denken, dass es mindestens in der Vorstellung meiner Mutter noch ein größeres Glück geben muss. Anders kann ich mir ihre Antwort nicht erklären.

Aber warum hat sie sich dann nicht für das größere Glück entschieden?

Zwar bin ich unheimlich froh, dass sie es nicht getan hat, aber ich würde es trotzdem gern begreifen. Im Übrigen droht noch die Frühjahrstournee mit Ken. Die Agentur hat schon den Terminplan geschickt, der einen Tag herumlag, bevor meine Mutter ihn unter ihre Noten schob. Was wird dann werden?

Ich kann Mama unmöglich fragen. Jede von uns hat ihren Geheimbereich, und ich fände es furchtbar, wenn meine Mutter in meinem herumstochern würde.

Ach ja, meiner heißt übrigens wieder Ulrich Falkenhauser.

*

In der achten Klasse zu sein, finden Britta und ich aufregend. Es gibt nun schon drei Jahrgänge, die an der Schule unter uns sind. Also geht es steil aufwärts mit uns!

Britta hat in den Ferien auf dem Campingplatz einen holländischen Jungen kennen gelernt. Jetzt schreiben sie sich Briefe. Wenn Britta morgens die Augen verdreht und ihre Hand auf den Magen legt, knistert es dort und jeder weiß, dass sie wieder einen Brief gekriegt hat. Das ist in der ersten Schulwoche zwei Mal passiert. Sie und Rinus schreiben sich auf Englisch, denn Britta kann nicht Niederländisch und Rinus nicht Deutsch. Britta verbringt praktisch ihre ganze Freizeit mit Briefelesen und Briefeschreiben, weil sie so viele Wörter nachschlagen muss.

»Du wirst bestimmt sagenhaft gut in Englisch«, stelle ich ohne Neid fest, als wir am Freitagmittag heimgehen.

»Ja, vielleicht«, meint Britta. »Aber ich glaube, es sind die falschen Wörter.« Sie würde mir ja gern einzelne Abschnitte aus Rinus' Briefen zeigen, sagt sie, aber seine Handschrift ist so grausig, dass sie sich geniert. Als sie und Rinus sich in den Ferien küssten, hat sie das noch nicht gewusst, und jetzt ist es ihr egal, Hauptsache, er schreibt und vergisst sie nicht.

Britta seufzt, als würde sie furchtbar gern mehr vom Küssen erzählen.

»Haben deine Eltern gesehen, wie ihr euch geküsst habt?«, frage ich also.

Daraufhin zieht Britta entsetzt die Luft ein. »Spinnst du? Es war sowieso nur ein einziges Mal. Und, na ja, wie im Film war es auch nicht.« Sie kaut auf ihrer Unterlippe herum. »Du weißt schon, Madeleine, wo sie sich richtig küssen, mit Leidenschaft. Für Leidenschaft war es zu schnell vorbei. Und jetzt bin ich traurig deswegen.«

»Musst du nicht sein«, tröste ich sie. »Ihr schreibt euch doch.«

»Ja.« Brittas Gesicht hellt sich auf. »Aber du, Madeleine ... wenn wir schon vom Küssen reden ...« Viel sagend schaut sie mich an und hat schon wieder eine bekümmerte Miene – wegen mir, sie kennt nämlich meine Ferienerlebnisse.

»Tja«, bestätige ich und verdrehe die Augen, »in Prag hätte ich höchstens einen Opi küssen können.« Ich grinse schnell. Es fällt mir überhaupt nicht schwer, hinzuzufügen: »Und was

Johannes betrifft, den hab ich schon vergessen. Gesangsstunden sind mir viel wichtiger.«

Britta, die bei der Vorstellung, dass ich einen Opi küsse, zu kichern angefangen hat, stellt es gleich wieder ein und schüttelt verständnislos den Kopf. Sie glaubt mir zwar, aber begreifen kann sie es nicht. Singen soll besser sein als mit einem Jungen gehen? Hirnrissig! Da kann ich ihr gern noch einmal vom Konzert mit Tamara vorschwärmen, es hilft nichts. Aber immerhin behält sie meine angebliche Spinnerei für sich und beweist damit wieder mal, dass sie mich mag, auch wenn ich in ihren Augen verrückt bin.

Es gibt allerdings etwas, das ich Britta nicht verrate. Mein Gefühl für Ulrich ist mein absolutes Geheimnis. Inzwischen ist es mir nämlich wie Schuppen von den Augen gefallen: Das Lied der Meerhexe ist ein Tamara-Lied! Höhnend, gellend, gemein. Von allen Mädchen an der Schule kann nur ich so singen. Sonst hätte Ulrich mich nicht ausgewählt. Wie konnte ich nur denken, es sei wegen meiner Figur gewesen? Himmel, war ich blöd! Ich kann es kaum erwarten, dass die Proben losgehen und ich Ulrich endlich wieder sehe – wir haben ihn dieses Jahr in Musik nicht gekriegt.

Ach ja, meine Figur übrigens – meine Figur verändert sich. Nicht dass ich dünner oder leichter werde, das nicht. Aber wenn ich auf einen Spiegel oder ein Schaufenster zulaufe, bebt was und sieht richtig wie Brust aus. Das verlangt, glaube ich, nach einem BH.

*

Am Freitagmittag kommt auch mein Vater zum Essen heim.

Die Aufnahmeprüfungen am Konservatorium sind vorbei, die ihn die ganze Woche in Trab gehalten haben.

Meine Mutter hat Salat und Knäckebrot vorbereitet und zum Dessert Joghurt. Als mein Vater das Angebot auf dem Küchentisch sieht, schüttelt er den Kopf.

»Nein«, sagt er mit Bestimmtheit und legt einen Arm um meine Mutter, den anderen um mich. »Wir gehen zur Feier des Tages essen. Habt ihr Lust?«

Essen gehen, Pommes, mmm! Mir läuft das Wasser im Mund zusammen. Andererseits habe ich mir gerade eben noch ausgerechnet, dass ich bei einigem guten Willen schon in zwei Jahren so aussehen kann, wie meine Mutter mit siebzehn ausgesehen hat. Dann wird Ulrich mich vielleicht nicht nur wegen meiner guten Stimme mögen.

Tapfer schlucke ich die Spucke runter. »Also, ich finde Salat mit Knäckebrot und Joghurt gut«, sage ich zur großen Freude meiner Mutter, die übrigens kein altes Gesicht kriegt wie meine Kieler Oma, das hab ich mir voll eingebildet.

Jetzt strahlt sie meinen Vater an. »Was sagst du dazu, lieber Robert? Madeleine hat sich was vorgenommen. Und was ist mit dir?«

»Ich hab die zwei Kilo noch nicht wieder zugelegt«, protestiert mein Vater.

»Aber du willst es jetzt tun.« Meine Mutter reibt mit ihrer Hand zart sein Bäuchlein und sieht ihm in die Augen.

Da seufzt er tief. »Darf ich mir wenigstens Butter aufs Knäckebrot streichen?«

»Halbfettbutter.«

Also, ich finde es ja schön, dass meine Eltern sich wieder lieben. Aber sehr romantisch ist diese Liebe nicht. Knäcke und Halbfettbutter! Wenn ich dagegen an Ulrich denke ... Er ist es wert, dass ich auf Pommes verzichte, aber ich *rede* doch nicht mit ihm über Pommes!

Beim Essen erinnere ich meinen Vater: »Du wolltest dich nach einem Gesangslehrer für mich umsehen!«

»Wir hatten jeden Tag Aufnahmeprüfungen«, gibt er zurück.

»Aber du hättest doch wenigstens einen fragen können!«

Mein Vater kaut seinen Salat sehr gründlich, wie meine Mutter ihm geraten hat, so sättigt er mehr. »Mhm. Aber wenn ich einen frage, kann ich nicht mehr zurück. Verstehst du? Wir sind Kollegen!«

»Nein, versteh ich nicht.«

Meine Mutter mischt sich ein. »Madeleine, es gibt gute und weniger gute Lehrer, so ist das überall. Wenn du einen schlechten erwischt hast und wieder wegwillst, ist das für Papa unangenehm, weil er einem Kollegen sagen muss: Hören Sie, Sie sind mir nicht gut genug für meine Tochter.«

»Ach so. Und wie machst du es dann, Papa? Willst du ihn vorher prüfen?«

»Oder sie. Wir haben auch Lehrerinnen. Ich werde mich umhören, wer von ihnen die besten Studenten hat, das ist immer ein gutes Zeichen. Aber das geht nicht von heute auf morgen.«

»Und wie lange, denkst du?«

Mein Vater legt mir die Hand auf den Arm. »Ich mache dir einen Vorschlag, Madeleine. Demnächst beginnen unsere Vortragsabende. Du besuchst die im Fach Gesang und hörst dir die Leute an. Wenn du sechzehn bist, kannst du die Aufnahmeprüfung machen. Und falls ...«

Ich ziehe mit einem Ruck meinen Arm weg. »Wenn ich *sechzehn* bin?«

Mein Vater tauscht einen Blick mit meiner Mutter und schüttelt dann nachsichtig den Kopf. »Du musst nicht bis sechzehn warten, wenn es dir so wichtig ist. Wenn du vorher Privatstunden nehmen willst … die kriegst du. Bist du jetzt zufrieden, Lenchen?«

»Erst wenn ich weiß, wann es losgeht.«

Da kippt mein Vater den Kopf in die aufgestützte Hand. »Ich hab's immer gewusst«, murmelt er. »Irgendwann bricht die Mutter durch. Mistiger, elendiger Ehrgeiz …«

Woraufhin meine Mutter leise kichert.

Nichts gegen ihren Humor. Aber ich bin kribbelig vor Ungeduld wegen der Gesangsstunden. Jetzt muss ich schon auf zwei Sachen warten. Die zweite Sache ist meine schlanke Figur. Wenigstens sind meine Aussichten in beiden Fällen gut, um nicht zu sagen ziemlich sicher.

*

Die erste Probe fürs Musical. Ulrich hat alle Leute eingeladen, die teilnehmen werden. Der Musiksaal ist voll. Nur Ulrich selbst fehlt noch. Der ganze Unterstufenchor wuselt herum. Außerdem entdecke ich einen Jungen mit einem Geigenkasten und einen zweiten mit einem Klarinettenköfferchen. Sie stehen bei Lennart und Maximilian. Zu viert haben sie vielleicht nicht so stark das Bedürfnis davonzulaufen.

Lennart und Maximilian könnte ich noch immer Schlaksi und Pummel nennen, mit Berechtigung, aber ich tue es nicht. Ich bin froh, wenn mich keiner mit Berechtigung Mops nennt.

Außerdem hab ich Respekt vor ihren tollen Stimmen.

Bei mir sind Franziska, Denise und Melinda. Sie gehören zum Chor.

Denise sagt: »Ich hätte doch vorsingen sollen …« Ihre Reue kommt zu spät, die Rollen sind fest vergeben. Regina ist und bleibt die kleine Seejungfrau und Anna die Großmutter. Mit Prinz Maximilian und Meerkönig Lennart könnte Denise sowieso nicht tauschen und die Meerhexe möchte sie wahrscheinlich gar nicht sein. Von den Hauptpersonen bin ich übrigens die Jüngste, wenn man die fünf schönen Schwestern nicht mitrechnet.

Ein langes, dünnes Mädchen aus der Zehnten namens Stefanie zeigt soeben Anna das Märchenbuch, das ich von meiner Oma schon kenne. Spielt sie auch mit? Und als was?

Da kommt Ulrich. An seiner Seite ist noch ein Mädchen: Nadine aus meiner Parallelklasse. Ulrich hält sich den Kopf bei unserem Anblick. Aber das ist nur Show. Gleich lacht er wieder und sagt, wir sollen uns hinsetzen. Als es ruhig geworden ist und alle ihn erwartungsvoll anschauen, beginnt er mit seiner Rede. »Hallo, Leute«, sagt er. »Irgendwie habe ich mir nicht klar gemacht, dass ihr so viele seid …«

Ich hänge an Ulrichs Gesicht wie alle anderen auch und mein Herzklopfen verebbt allmählich. Er ist noch genauso jung wie vor den Ferien. Diese lächerlichen zwölf Jährchen, die uns trennen! Wenn er mal dreißig ist, bin ich schlank, erwachsen und eine ausgebildete Sängerin.

»Nadine spielt die Braut des Prinzen«, erklärt er uns. »Für diese Rolle habe ich in den Ferien noch ein Lied komponiert, anfangs wollte ich sie nur stumm besetzen. Aber meint ihr nicht auch, dass die Braut doch ziemlich wichtig ist?«

Wir stimmen ihm alle zu, insbesondere Nadine. Sie hat rote Backen und setzt sich auf den Platz neben mich.

»Glück gehabt«, murmelt sie. »Ich wollte ja für die kleine Seejungfrau vorsingen, aber dann bin ich krank geworden. Hast du auch eine Hauptrolle?«

Ich kann ihr nur mit einem Nicken antworten, denn Ulrich fordert unsere Aufmerksamkeit. Er will uns auf die Sache einstimmen, sagt er, indem er jetzt das Märchen vortragen lässt. Aha, deshalb ist Stefanie da. Für sie wird das auch gleich eine gute Probe sein, denn sie soll bei der Aufführung die verbindenden Texte sprechen.

Stefanie geht mit ihrem Buch nach vorn und setzt sich zurecht:

»Weit draußen im Meer ist das Wasser so blau wie die Blätter der schönsten Kornblume und so klar wie das reinste Glas ...«

Wir sind mucksmäuschenstill. Die Nachmittagssonne erreicht die Fenster des Musiksaals. Zuerst leuchten nur die Fensterbänke auf, dann wandern helle Vierecke in den Raum herein. Schließlich wird Stefanie von Licht überflutet, aber es stört sie nicht. Sie liest zwanzig Seiten mit ihrer schönen Stimme und ich könnte ihr ewig zuhören. Erst ganz zuletzt bemerke ich ein paar verstohlene Blicke auf die Uhr.

Wir sind alle sehr bewegt. Ich sehe wieder Tränen in Reginas Augen wie damals beim Vorsingen, aber ich kann mich auch täuschen.

Wir besprechen noch Organisatorisches und machen die Einteilung für die Proben. Ulrich findet, dass die Vorlesestunde keine Zeitvergeudung war. Er lächelt Stefanie an. Ich muss mich ziemlich beherrschen, dass ich nicht eifersüchtig werde.

Wann lächelt er mich mal richtig an? Wartet er damit, bis ich volljährig bin?

Wunderbar! Kleinere Wünsche werden einem gelegentlich sofort erfüllt. Ich kriege doch tatsächlich noch heute Ulrichs Lächeln zusammen mit zwei weiteren Liedern, die ich einsingen soll. Oder ob ich etwa gedacht hätte, dass ich nur einen einzigen Auftritt haben würde?

Vor lauter Verblüffung fange ich zu stottern an. »Ich ... äh ... ja.«

Das war's. Dabei wollte ich eigentlich die geplanten Gesangsstunden erwähnen. Aber vielleicht ist es sowieso günstiger, wenn ich Ulrich mit einer plötzlichen Superstimme überrasche. Damit ihm das passiert, was mir im Konzert in Kiel passiert ist. Er soll mit einem Schlag was kapieren.

Von einem vertraulichen Gespräch mit meiner Mutter und von Frau Dorian

Früher hat unser Telefonkabel meistens ins Zimmer meiner Mutter geführt. Das ist jetzt anders geworden. Wenn jemand das Telefon nicht in der Diele findet, muss er nur dem Kabel nachgehen und er sieht es unter meiner Tür verschwinden. Anscheinend hat das Telefon für mich im selben Maß an Bedeutung gewonnen, wie es für meine Mutter unwichtiger geworden ist. Sie telefoniert zwar noch mit ihrer Freundin Isabelle oder auch mal mit ihrer Agentur oder mit irgendwelchen Presseleuten, aber wenn ich den Apparat brauche, ist er jetzt meistens frei.

Meine alte Gewohnheit, auf die Wiederholungstaste zu drücken, habe ich nicht aufgegeben. Deshalb kann ich sagen, dass meines Wissens die Nummer, die mit der Null-Null-Vierundvierzig beginnt, nicht mehr gewählt wurde. Mein Vater, von dem ich diesen fiesen Check gelernt habe, vertraut meiner Mutter jetzt unbesehen. Aber ob er nicht doch auch manchmal an die geplante Frühjahrstournee mit Ken denkt? Ich jedenfalls kriege immer einen unangenehmen Druck, wenn sie mir einfällt. Das ganze Drama wird doch nicht wieder von vorn anfangen?

Nur gut, dass ich zu beschäftigt bin, um oft darüber nachzudenken. Meine Freizeit ist so geschrumpft, dass sie gerade noch für Telefonate ausreicht. Die Schule ist härter geworden und wegen der ständigen Proben fürs Musical muss ich allmählich schon überlegen, wie ich mir meine Hausaufgaben einteile. Nichts mehr mit Weggehen. Zu Oma komme ich auch nicht mehr oft raus. Dafür rufe ich sie an. Nach Möglichkeit während Torstens Klavierstunde. Ich bestelle dann einen Gruß für den Doofkopf, was ihn garantiert in Verlegenheit bringt. Denn mit Mädchen kann er ja nur per Mausklick umgehen.

Mit der Kieler Oma telefoniere ich manchmal am Abend. Ich halte sie auf dem Laufenden über das Musical und über meine Ungeduld wegen der Gesangsstunden. Mit dem Konzertbesuch hat sie mir ein Schlüsselerlebnis verschafft und dafür bin ich ihr unendlich dankbar.

Ein Schlüsselerlebnis, sagt meine Mutter, ist eines, das einem eine Tür aufsperrt, von der man gar nichts gewusst hat. Sie hat mich also perfekt verstanden!

Auch Britta leidet übrigens an Zeitmangel und Telefonitis. Sie hat zwar keine Musical-Proben, aber dafür ihre Brieffreundschaft. Und die ist stressig. Rinus schreibt ganze Romane in seiner schaurigen Schrift und verlangt dasselbe von ihr (die Schrift nicht). Britta liest mir einzelne Abschnitte am Telefon vor. Wir brüten gemeinsam über den Sätzen. Rinus kann schon viel mehr Englisch, das ist ihr Pech. Wenn sie mich braucht, läutet sie mich zweimal an, dann rufe ich zurück. Meine Mutter lässt mich zum Glück ungestört telefonieren, was Britta von ihrer Mutter nicht behaupten kann. Ihre ist keine viel beschäftigte Konzertpianistin und kriegt deswegen immer mit, wenn Britta telefoniert. Sie regt sich darüber auf, sagt Britta, als wäre die Telefonrechnung der größte Posten in ihrem Haushalt.

Meine Mutter ist wieder voll auf ihre schwarzen und weißen Tasten abgefahren. Sie plant ein paar Solo-Abende im Dezember mit Beethoven-Sonaten und freut sich darauf. Anders als nach der Frankreich-Tournee ist sie geistig anwesend, wenn sie gerade nicht übt. Und das kann nur was Gutes bedeuten. Da muss ich mir vielleicht doch keine Sorgen wegen der Frühjahrstournee machen? Wir haben ja erst mal noch den ganzen Winter vor uns.

*

Meine Mutter beäugt mich, wie das zuletzt Opa getan hat. »Du brauchst einen BH, Madeleine«, sagt sie.

Hat sie's also auch gesehen. »Mhm«, mache ich und würde gerne so tun, als wäre ich beschäftigt, aber es liegt gerade nichts an. Den Tisch haben wir bereits abgeräumt, nichts steht mehr herum. Nur zwei Joghurtbecher. Die schnappe ich mir.

»Wo willst du denn plötzlich hin?«, fragt meine Mutter verblüfft.

»Die Dinger entsorgen.« Ich winke mit den Bechern.

»Madeleine, die sammeln wir doch im Besenschrank, hast du das vergessen?« Sie macht die Schranktür auf und da steht erst ein mickriges Stapelchen, für das kein Mensch freiwillig den Weg zum gelben Sack antreten würde.

Ich bücke mich und stecke meine zwei Becher dazu. Als ich mich aufrichte, spüre ich meine Brüste wackeln.

»Hast du heute Nachmittag Zeit?«, fragt Mama unbeirrt.

Ich seufze übertrieben. »Wenn es sein muss …«

Sie lächelt. »Es ist doch spannend, wenn sich der Körper verändert, oder nicht? Mir ist übrigens aufgefallen, dass der

Pegelstand im Nutella-Glas seit einer Woche gleich geblieben ist. Bist du verliebt?«

»Hä?«, sage ich.

»War nur so eine Frage.« Mama lacht leise. »Du musst nicht darauf antworten. Eine grässliche Frage. Entschuldige. Soll ich dir sagen, was meine Mutter gemacht hat, als ich zum ersten Mal verliebt war?«

»Wenn du willst.« Ich setze mich wieder an den Tisch, meine heißen Backen in die Hände gestützt.

Mama bleibt an den Schrank gelehnt stehen. »Ein Drama hat sie daraus gemacht. Ich würde nicht mehr konzentriert üben, hat sie behauptet. Ich würde meine ganzen tollen Pläne vergessen, alles sei umsonst gewesen. Und das wegen so einem halb garen Burschen, der noch nicht mal Noten lesen kann.« Sie seufzt in der Erinnerung.

»Willst du deswegen nicht so gern nach Kiel? Bist du Oma noch böse?«

»Ach …« Meine Mutter winkt ab. »Das war doch nur eine von vielen Geschichten. Sie haben mir alles madig gemacht, was nicht mit Schule oder klassischer Musik zu tun hatte. Opa auch. Er war milder, aber er konnte seine Meinung nie durchsetzen. Es waren schwierige Jahre. Ich *wollte* doch Pianistin werden! Oma hätte sich keine Sorgen machen müssen. Nur, jung war ich eben auch und ich hatte ganz normale Sehnsüchte!«

Ich nicke. Mama soll ruhig weiterreden, das ist ja spannend!

»Ohne Gefühle gibt es keine Kunst«, sagt sie leise und tief überzeugt. »Richtig gut gespielt, verstehst du, Madeleine, nicht nur technisch gut, sondern verinnerlicht, habe ich erst, als ich deinen Vater kennen gelernt hatte.« Sie schaut mich an.

Ihr Gesicht leuchtet. »Robert – das war … einfach unglaublich.« Sie schüttelt den Kopf. »Das war alles, wovon ich so lange geträumt hatte. Ja. Das Wunder war es. Und man nennt es Liebe.« Sie legt ihre Wange an den Schrank, lächelt und ist auf einmal sehr jung.

»Und heute?«, flüstere ich nach einer Weile.

»Heute?« Meine Mutter kehrt aus der Vergangenheit zurück. Sie streckt sich und kämmt mit den Fingern durch ihre Haare. »Es ist immer noch da, Madeleine.«

»Gott sei Dank«, entfährt es mir.

Sie lacht verwundert. »Hast du etwa daran gezweifelt?«

Als Antwort klappe ich die Augenlider runter.

»Musst du nicht, Madeleine. Es ist alles in Ordnung.«

Jetzt ist meine Mutter nicht mehr ehrlich. Nicht ganz jedenfalls. Sie meint es vielleicht so, aber etwas in ihrem Ton verrät sie. Und dann sehe ich auch die Traurigkeit in ihren Augen. Schnell gucke ich wieder auf meine Hände hinunter.

»Das Einzige, was nicht in Ordnung ist«, sagt meine Mutter und lacht trocken auf, »ist, dass wir nur *ein* Leben haben. Nur ein Leben, verdammt.«

Seit wann flucht sie?

»Und immer nur eine Möglichkeit. Und dass wir uns entscheiden müssen. So ist das, Madeleine. Leider.« Mama räuspert sich. »Aber Schluss jetzt«, sagt sie und zwingt ein Lächeln auf ihr Gesicht. »Damit überfordere ich dich. Du hast das ganze Leben noch vor dir und denkst, tausend Wege stehen dir offen. Was ja auch stimmt für die nächsten Jahre und solange du willst. Aber wenn du dich mal entschieden hast …« Meine Mutter breitet die Arme aus und lässt sie wieder fallen. »Was soll's. Komm, steh auf, wir haben was vor.«

Wir gehen zwei BHs kaufen. Nicht von der Stange, wie ich gern gewollt hätte. Sondern im Fachgeschäft, mit Beratung. Denn ich habe eine komplizierte Größe, die sich sowieso demnächst wieder ändern wird.

So vertraut miteinander wie an diesem Nachmittag waren meine Mutter und ich noch nie.

*

Hurra, ich habe eine Gesangslehrerin! Sie heißt Frau Dorian und lacht dröhnend, sodass man es durch die schallgedämpfte Tür ihres Zimmers bis in den Flur heraus hört. Ich habe mir Frau Dorian selbst ausgesucht. Und so ist das zugegangen:

Mein Vater hat mir von einem Liederabend am Konservatorium erzählt, an dem drei Studenten von drei unterschiedlichen Lehrern singen sollen. Die drei Lehrer hat er mir genau beschrieben. Er selbst, hat er gesagt, will nicht hingehen, denn er muss ja schon den ganzen Tag am Konservatorium sein.

Mein Vater und meine Mutter liefern mich also ab und verdrücken sich ins Kino. Ich bin allein unter den vielen Leuten im Foyer, und als ich mich daran gewöhnt habe, fange ich an, mich richtig erwachsen zu fühlen. Ich laufe herum und gucke mir jeden an. Anscheinend haben die Studenten sämtliche Freunde und Verwandten eingeladen. Deswegen ist es nicht leicht, nach der Beschreibung meines Vaters die Lehrer herauszufinden. Nur Frau Dorian erkenne ich sofort, sie steht mitten in einer Gruppe von Leuten und lacht. Herr Nöstel sitzt bereits im Saal, und zwar hinten und ganz allein. In seiner Hand eine ausgegangene Pfeife, das untrügliche Kennzeichen.

Dann soll es noch eine Frau Kreuzinger geben. Ich entdecke sie endlich, als sie ihren Schüler aus dem Übungszimmer zum Bühneneingang begleitet und dabei hektisch auf ihn einredet. Der Schüler ist ein zukünftiger fetter Tenor, das sieht man ihm jetzt schon an, und die Haare gehen ihm auch bereits aus. Er eröffnet das Konzert. Während seines Gesangs beobachte ich Frau Kreuzinger. Sie sitzt vorgebeugt da, nickt zustimmend oder schüttelt irritiert den Kopf, und als der Tenor seinen Text vergisst und nachsehen muss, rauft sie sich beinahe die Haare. Sie macht jeden im Umkreis von drei Quadratkilometern nervös.

Herr Nöstel ist das Gegenteil von ihr. Um ihn sehen zu können, muss ich mich umsetzen. Aber es ist die Mühe nicht wert. Denn kein Mensch würde vermuten, dass es seine Schülerin ist, die jetzt auf die Bühne kommt und sich was absingt, so gleichgültig verhält er sich. Hinterher klopft er ihr im Foyer leicht auf den Arm, verschiebt das Gespräch auf die nächste Unterrichtsstunde und verabschiedet sich. Er verlässt das Haus mit den Schritten eines Menschen, der für diesen Tag genug hat. Das Mädchen steht einen Moment verloren da, dann wird sie von ihren Verwandten umringt.

Bisher haben wir klassische Arien gehört. Nach der Pause soll es laut Programm spanische Lieder geben, von einer Sängerin mit dem Vornamen Sonja, Schülerin von Frau Dorian.

Die sammelt im Foyer Studenten um sich, und weil sie sich keine Mühe gibt, leise zu reden, kann ich alles gut verstehen. Herr Nöstel hat seine Schülerin gesiezt und Frau Kreuzinger ihren Tenor. Frau Dorian siezt die Studenten nicht. »Dass ihr mir die Sonja unterstützt!«, ruft sie. »Lacht sie an! Applaudiert ordentlich, wenn sie reinkommt! Trauergesichter könnt ihr bei einer Beerdigung machen – allerdings bei meiner nicht. Ich will auch da heitere Mienen, merkt euch das!«

Die heiteren Mienen kriegt Frau Dorian sofort, alle lachen. Und sie selbst auch. Weil ich lächeln muss und sie es zufällig sieht, zwinkert sie mir zu. Das ist der Moment, in dem ich meine Wahl treffe. Dabei habe ich Sonja noch gar nicht gehört!

Die kommt jetzt aus dem Übungszimmer. Frau Dorian tritt ihr in den Weg, umarmt sie und drückt ihr einen Schmatz auf die Wange. Danach schiebt sie das Mädchen auf den Bühneneingang zu und zerquetscht ihr die Schultern, bevor sie sie loslässt. »Ich freu mich auf dich!«, sagt sie.

Von Frau Dorian geht eine ansteckende Fröhlichkeit aus, sie verändert die Atmosphäre im Saal. Es breitet sich nicht mehr dieses beklemmende Schweigen aus wie bei den Auftritten zuvor. Eine Spannung ist schon da, aber eine gute. Und als Sonja von hinten auf die Bühne kommt, empfängt sie ein richtiger Lärm, ein Klatschen und Trampeln. Frau Dorian lehnt sich zufrieden zurück wie jemand, der eben einen großen Teller Pommes serviert bekommt. Sie sieht auch aus, als würde sie einen großen Teller Pommes nicht verschmähen.

Ich kann ja kein Spanisch und verstehe deshalb überhaupt nichts von den Texten, aber dafür weiß Sonja wohl genau, wovon sie singt. Sie rollt mit den Augen und bewegt die Hände und zeigt, wie wahnsinnig spannend ihre Lieder offenbar sind. Manchmal lächeln sie und ihre Klavierbegleiterin sich an wie zwei, die eben was gemeinsam erlebt haben, wovon sie den anderen nichts erzählen wollen.

Hinterher gibt es stürmischen Applaus für Sonja und Blumen. Die werden ihr einzeln von ihren Mitstudenten überreicht und stammen aus einer Schachtel, die unter Frau Dorians Stuhl steht. Frau Dorian wirft Sonja eine Kusshand zu. Die Leute lachen, als Sonja versucht, die Blumen, die viel zu schnell kommen, zu einem Strauß zu ordnen.

Als ich später im Foyer auf meine Eltern warte, sind außer dem Hausmeister nur noch Sonja, ihre Verwandten, ein paar Mitstudenten und Frau Dorian da. Sie beratschlagen, wohin sie jetzt noch gehen sollen.

»Natürlich feiern wir«, höre ich Frau Dorian rufen. »Wer will denn jetzt schon ins Bett?!« Und ihr Gelächter folgt.

Ich entdecke am Fuß der Treppe meine Eltern und laufe hinunter. »Papa«, sage ich atemlos, »was hältst du von Frau Dorian?«

Meine Eltern sehen sich an.

»Willst du nicht erst mal erzählen, wie's war?«, schlägt mein Vater vor.

»Ist das diese laute, unverblümte Dame?«, wendet sich meine Mutter flüsternd an ihn. »Die Dicke mit dem blondierten Kopf, die so fürchterlich lacht?«

Mein Vater nickt vorsichtig. »Über sie sind die Meinungen geteilt«, murmelt er. »Die einen lieben sie und die anderen hassen sie.«

»Wer liebt sie?«, will meine Mutter wissen.

»Ihre Schüler«, sagt mein Vater. Dann legt er den Arm um mich. »Also, Madeleine?«

»Zu ihr will ich«, sage ich bestimmt. Meine Mutter bekommt von mir einen vernichtenden Blick.

Von Atemübungen und alten Gespenstern

An der Schule weiß nur Britta, dass ich Gesangsstunden bekomme. Einmal geht sie zum Konservatorium mit und wartet vor der Tür. Ich könnte sie auch mit zu Frau Dorian hineinnehmen, aber dann würden Britta und ich wahrscheinlich vor Lachen platzen. Denn die Atemübungen und auch die Stimmbildungsübungen sind urkomisch.

Als ich nach meiner Stunde herauskomme, hockt Britta am Boden und funkelt mich an. »Endlich!«, sagt sie. »Das hat ja ewig gedauert! Und ich hab fast nichts gehört – nur das Lachen von deiner Lehrerin!«

»Dann pass mal auf.« Ich führe ihr auf der Straße ein paar Stimmbildungsübungen vor, alle mit vorgestülptem Mund auf Mua-mua-mua.

Sie klammert sich an meinen Arm. »Hör auf, Madeleine, hör auf!«, keucht sie und ist nahe am Ersticken vor Lachen.

Ich übe unbeirrt weiter. Jetzt, wie man den Atem mit einem stoßweisen Zischen herauslässt. Dazu prüfe ich mit der Hand am Bauch, wie der langsam zusammenfällt.

Britta stößt mich von sich. »Mit dir geh ich nirgendwo mehr hin«, sagt sie japsend und legt einen Sicherheitsabstand von drei Metern zwischen uns. Sie guckt sich um, ob die Leute möglicherweise auch sie verdächtigen, eine Schraube locker zu haben. Dabei achtet doch gar niemand auf uns!

Oder vielmehr doch. Ein Geigenkasten überholt uns. Er

wird von einem Typ geschwungen, den ich inzwischen von den Musical-Proben her ganz gut kenne: Marcel.

»Hallo, Madeleine«, sagt er und grinst mich an. »Warst du eben auch im Konservatorium?«

Ich breite geistesgegenwärtig die Arme aus. »Womit denn?«, frage ich.

»Na, vielleicht mit Klavier?«, schlägt er vor.

»Siehst du bei mir ein Klavier?«

Marcel lacht. »Bis zur Probe dann. Du singst die Hexe übrigens toll!« Und weg ist er, mit schwingendem Kasten fünf Meter voraus.

»Hey ...«, sagt Britta und starrt ihm mit offenem Mund hinterher. Ihre Gefühle für Rinus hindern sie anscheinend nicht daran, einen gut aussehenden Jungen zu bemerken.

Noch etwas fällt mir auf. Marcel hat mit *mir* geredet, nicht mit meiner hübschen Freundin Britta. Das ist ja interessant. Außerdem weiß ich jetzt, warum Marcel auf seiner Geige nicht nur kläglich herumkratzt: Er erhält Unterricht am Konservatorium!

»Das war Marcel«, erkläre ich Britta. »Er spielt immer dann, wenn die kleine Seejungfrau tanzt. Und er spielt sehr gut.«

Mehr sage ich nicht. Zum Beispiel verschweige ich, dass ich es schön finden würde, wenn Marcels Geige auch bei den Liedern der Meerhexe was zu tun hätte. Aber dazu passt natürlich keine Geige. Bei mir gibt es dafür Paukengedonner. Das macht Ulrich selbst, denn wir haben keinen an der Schule, der Pauke gut kann. Ulrich macht das toll. Wir schauen uns dabei an!

»Hach«, seufze ich, weil ich mich auf die nächste Probe freue.

»Aha, der gefällt dir«, sagt Britta und hält sich für sehr schlau. Obendrein guckt sie Marcel nach, bis nichts mehr von ihm zu sehen ist. Dann lässt sie sich wehmütig darüber aus, wie unmöglich es ist, mit einem Brieffreund Händchen zu halten.

Mit einem Lehrer auch, denke ich insgeheim. Britta ist nicht die Einzige, die vom Händchenhalten träumt. Aber das kann ich mir bei Ulrich abschminken – Händchenhalten mit einem Lehrer? Bei ihm muss ich schon mit einem Lächeln zufrieden sein.

Wenigstens kriege ich das in letzter Zeit öfter. Das Dumme ist nur, je mehr ich davon abbekomme, desto häufiger wünsche ich mir das Händchenhalten dazu. Blöd ist das, hirnrissig. Aber ich kann gar nichts dagegen machen. Es überfällt mich auch mitten im Unterricht. In Latein oder Mathe besonders, was nicht unbedingt gut für meine Noten ist. Wir haben übrigens die ersten beiden Klassenarbeiten zurückbekommen. Ich bin leider etwas abgesackt.

Mein Vater sieht sich zu einer sorgenvollen Bemerkung veranlasst. Die Gesangsstunden seien schuld. Ich sei bisher immer eine gute Schülerin gewesen, eine sehr gute sogar ... Wir sollten uns überlegen ...

Meine Mutter schüttelt den Kopf. Sie meint, es liege nicht an den Gesangsstunden, sondern am Musical. Und mit dem sei es ja in Kürze vorbei, dann könne ich wieder ordentlich lernen.

Wie Recht sie hat! Denn ich träume schließlich nicht vom Händchenhalten mit Frau Dorian. Wenn ich mich nur zusammenreißen könnte! UlrichUlrichUlrichUlrich ...

Bei Britta ist alles viel lockerer. Sie schreibt Rinus nur noch einmal pro Woche und höchstens eine Seite. Wenn sie in seinen Briefen was nicht versteht, schlägt sie nicht mehr die Wörter nach, sondern beklagt sich darüber, dass Rinus so viel über seine Schule erzählt, die sie doch sowieso nicht kennt.

Dafür holt sie mich jetzt meistens von der Musical-Probe ab und guckt sich die Augen nach Marcel aus.

»Ist Geige eigentlich schwer zu lernen?«, fragt sie mich.

Das erinnert mich an eine Zeit, als ich vierhändig Klavier spielen wollte. Ich gebe Britta zur Antwort, dass man Geige nicht vierhändig spielen kann.

»Hältst du mich für blöd?«, sagt Britta beleidigt.

Daraufhin erzähle ich ihr in einem Anfall von halber Aufrichtigkeit, dass ich mal versessen darauf war, mit einem Jungen vierhändig Klavier zu spielen. Sein Name? Ach, keine Ahnung mehr, das ist schon so lange her …

*

Die Schule, das Musical, meine Gesangsstunden, Britta und nicht zuletzt meine Ulrich-Träume lenken mich halbwegs von einer schlimmen Sache ab, über die ich mit niemandem reden kann.

Ich habe wieder mal die Wiederholungstaste am Telefon gedrückt, einfach so und ohne mir viel dabei zu denken. Die Nummer, die dann erschien, war merkwürdig. Sie begann mit Null-Null-Eins-Zwo-Eins-Zwo.

Im Vorwahlverzeichnis steht die Null-Null-Eins für Vereinigte Staaten, das ist Amerika. Und weil ich weiß, dass Ken in New York studiert, habe ich die Zwo-Eins-Zwo auch sofort gefunden. Es ist New York City!

Hat meine Mutter wieder vergessen, was sie mir selbst gesagt hat? Dass sie nur einmal lebt und dass sie ihre Entscheidung bereits getroffen hat? Oder will sie die rückgängig machen und sich nun für Ken entscheiden? Will sie vielleicht meinen Vater und mich sitzen lassen für einen Typ, der zehn Jahre jünger ist als sie und noch nicht mal zu Ende studiert hat?

Als ich gerade so im Ausrechnen und Vergleichen von Lebensaltern bin, fällt mir auch noch auf, dass zwei Leute gleich alt sind: Kenneth Smith und Ulrich Falkenhauser. Das entsetzt mich total. Denn es geht doch nicht, dass Mutter und Tochter Männer im selben Alter lieben!

*

Eine Woche frei an Allerheiligen. Endlich kann ich wenigstens mal wieder ausschlafen. Die Schlafstunden sind meine beste Zeit. In den Wachstunden muss ich was für die Schule tun. Während ich büffle, horche ich mit einem Ohr, ob meine Mutter etwa wieder anfängt Schubert zu spielen. Aber nein, sie arbeitet unermüdlich an ihren Beethoven-Sonaten. Wenn sie Klavierabende gibt, spielt sie ja auswendig.

Die Konzentration auf die unzähligen Noten muss der reine Wahnsinn sein. Entsprechend erschöpft kommt sie dann aus dem Wohnzimmer und freut sich, dass mein Vater ihr die ganze Hausarbeit und vor allem das Kochen abgenommen hat. Sie ist richtig nett zu ihm und zu mir auch. Und zwar nicht auf die gleichgültige, geistesabwesende Art wie vor der Sonnenfinsternis.

Also, entweder sie verstellt sich perfekt oder ich sehe wieder mal Gespenster. Alte vom Sommer noch dazu. Wenn ich meine Mutter doch einfach fragen könnte! Aber das Thema Ken ist seit der Sonnenfinsternis ein solcher Schocker, dass mir vorher die Zunge abfallen würde.

Auch mit Oma kann ich nicht darüber reden, obwohl ich endlich mal wieder einen ganzen Nachmittag bei ihr verbringe. Wir sitzen gemütlich beim Tee und die Zeit vergeht sehr schnell, weil ich so viel von den Musical-Proben und von meinem Gesangsunterricht zu erzählen habe. Oma interessiert sich auch für meine Atemübungen und macht sie mit, ohne daran zu ersticken wie Britta, die schon vom Zuschauen hysterisch wurde.

Als ich mich gerade von Oma verabschiede, kommt Onkel Bangemann. Er sieht mich, dreht eine Runde um mich und schnalzt mit der Zunge.

Irgendwo hab ich das schon mal erlebt – wo nur?

»Sieh an, sieh an«, sagt Onkel Bangemann. »Was aus den Mädels wird, wenn man sie länger nicht gesehen hat …«

»Lässt du das wohl bleiben, Walter!«, rügt Oma. Zu mir sagt sie: »Du bist eben gewachsen, Madeleine. Das sollte so ein alter Dummkopf eigentlich wissen. Kschsch, ab!«, macht sie und schiebt Onkel Bangemann vom Flur ins Wohnzimmer.

Er protestiert. »Man wird doch noch ein hübsches junges Mädchen anschauen dürfen …«

Es hilft ihm nichts, Oma zieht die Tür zu. Wir können Onkel Bangemann drin kichern hören. Er ist definitiv der erste Mensch, der mich als hübsch bezeichnet hat. Das werde ich ihm nie vergessen. Obwohl es geschmeichelt ist, denn mein Spiegel zeigt mir noch immer ein viel zu dickes Mädchen. Daran ändert auch der BH nichts.

»Onkel Bangemann ist ein Spaßvogel, das weißt du doch, oder?«, sagt Oma mit leiser Besorgnis.

»Natürlich.« Ich gebe ihr einen Abschiedskuss. »Er würde keinem Mädchen was antun, wenn es das ist, was dich beunruhigt.«

»Ja«, sagt Oma erleichtert. »Aber«, ruft sie mir hinterher, »sei dir da bei anderen nicht so sicher, hörst du?«

»Alles klar.« Ich werde mich wohl noch vor alten Lustmolchen zu hüten wissen.

Von einer tollen Aufführung und von schockierten Zeugen

Der Tag der Generalprobe ist gekommen. Es ist der Donnerstag vor dem ersten Advent. Wir spielen heute für die Unterstufe, die deswegen nach der Pause frei hat. Wir hören sie aufgeregt im Saal herumlaufen und reden, während Ulrich uns hinter dem Vorhang letzte Anweisungen gibt.

Alles ist anders geworden, seit die Bühne zum Meer wurde und wir unsere Kostüme haben. Die Theater-AG hat uns kräftig dabei geholfen. Das Meer besteht aus einer riesengroßen blauen Folie. Es steigt an, weil im hinteren Bereich über die ganze Bühnenbreite eine Tischreihe unter der blauen Folie aufgebaut wurde. Das ist notwendig, damit man die Inline-Skates an unseren Füßen nicht sieht, auf denen wir Wassergeschöpfe hinter der Tischreihe dahingleiten. Dazu rudern wir mit den Armen, als würden wir schwimmen.

Die ganze rückwärtige Bühnenwand ist bemalt. Links sieht man das herrliche Schloss, in dem der Meerkönig mit seinen Töchtern und der Großmutter lebt. Wellen gehen darüber hin und bunte Fische scheinen zu den Fenstern raus- und reinzuschwimmen.

Ab der Wandmitte verliert das Wasser seine leuchtenden Farben und wird zunächst fahl, dann immer dunkler, bis es rechts drüben grauschwarz brodelt. Dort steht mein Haus, aus den gebleichten Knochen von Ertrunkenen erbaut (schaurige Schädel sind darunter, an denen man sieht, dass die Theater-AG-Maler ihren Spaß an der Sache hatten).

Die ganze rechte Ecke ist mein Reich. Fische gibt es an dieser Wand nicht, sondern hässliche Polypen mit langen Fangarmen und fette Wasserschlangen.

Ich selbst trage ein violettes, sackartiges Gewand, das man an verschiedenen Stellen zugebunden und kunstgerecht mit Kissen ausgepolstert hat (ich habe einen Busen wie Miss Airbags). An meinen Händen stecken Horrorhandschuhe mit langen, gekrümmten Fingernägeln. Für meinen Kopf hat die Theater-AG sich was Besonderes einfallen lassen: Meine Perücke besteht aus lauter Schlangen. Ich könnte mich vor mir selbst fürchten, wenn ich unten mit den Inlinern nicht so komisch aussehen würde.

Als Requisiten habe ich einen bauchigen Kochkessel für meine Hexensuppe und diverse Einmachgläser, aus denen ich Sand, Erbsen, Plastikfrösche und Gummispinnen in die Suppe kippe. Und dazu aus dem Chemielabor eine Substanz, die weiße, ungiftige Dämpfe absondert. Gut sichtbar hantiere ich hinter der mit Meeresfolie überzogenen Tischreihe. Ich gebe es zu: Ich bin stolz auf meine Rolle. Wenn ich singe, was das Zeug hält, und mich dabei Furcht erregend hin- und herbewege, hab ich allein die ganze Aufmerksamkeit des Publikums. Solange ist vorn die Bühne auch leer. Sonst tummelt sich dort rechts auf einer hölzernen Plattform alles, was keinen Fischschwanz hat: der Prinz, sein Gefolge, später seine Braut. Und natürlich die kleine Seejungfrau, sobald sie ihre Menschenbeine hat (vorher ist sie hinten bei uns).

Die Plattform hat eine Reling und kann auf Möbelrollen weiter ins Meer geschoben werden, was sie zu einem Schiff macht. Das wird in der Sturmnacht von Blitzen umzuckt (dank unserer Beleuchtungsanlage) und von Wogen bedroht (wenn der Hausmeister mit Hilfe eines Kompressors Luft unter die Meeresfolie bläst).

Der Prinz klammert sich in seiner Not an die Reling, aber es hilft ihm nichts: Sobald das Licht für einen Moment ganz ausgeht, muss er mit einem Sprung bei uns hinten landen und ertrinkend an den Tischen hängen, damit die kleine Seejungfrau ihn elegant retten kann – unterstützt von Anna, die man aber nicht sehen darf.

Links vorn markieren eine Wolldecke und ein Gummibaum ein Stückchen Strand. Dort erwacht der Prinz und gähnt und streckt sich, während die kleine Seejungfrau im Hintergrund ihr sehnsuchtsvolles Liebeslied singt und anmutig dazu die weißen Arme bewegt. Die unscheinbare Regina erkennt man im glänzenden, schneeweißen Body und der blonden Langhaar-Perücke nicht wieder. Leider ist das Publikum für ihre Tränen zu weit entfernt, aber wir hinten sind sehr beeindruckt davon.

Der Teil des Chors, der auf dem Schiff keinen Platz mehr findet, ist ebenfalls als Gefolge kostümiert und steht unten zwischen Bühne und Publikum. Aber nicht etwa starr, sondern in ständiger Bewegung. Das hat Ulrich toll mit ihnen eingeübt.

Er selbst sitzt auch unten vor der Bühne, am Flügel neben der Pauke.

Marcel mit seiner Geige und Andreas mit der Klarinette sind ebenfalls dort. Die Geige ist das Instrument der kleinen Seejungfrau und spielt immer, wenn sie schwimmt oder tanzt oder nur sinnierend am Ufer liegt. Die Klarinette begleitet alle

Aktionen des Prinzen. Manchmal sind die Melodien von Geige und Klarinette ineinander verwoben, und ich bewundere Ulrich dafür, wie er das komponiert hat.

Aber noch besser finde ich seine Texte. Mein Vater hat Recht, Ulrich ist ein Genie! Und wie er beim Sturm auf dem Flügel herumdonnert! Tobias, der einer Band angehört, schlägt die Pauke dazu, was nicht wirklich schwierig ist. Aber wenn ich singe, geht Ulrich selbst an die Pauke, da kommt es nämlich auf die Feinheiten an. Über das Meer hinweg grinst er mich dann aufmunternd an.

Stefanie ist als Dichter verkleidet, sitzt am Bühnenrand und lässt die Beine baumeln. Wie Hans Christian Andersen auf einem alten Foto trägt sie einen schwarzen Frack, darunter ein weißes Hemd mit Fliege und steifem Kragen und auf dem Kopf einen Zylinderhut. An ihrem Arm hängt ein Regenschirm, ohne den Herr Andersen angeblich nie das Haus verlassen hat. Wenn Stefanie aus dem Buch liest, legt sie den Schirm ins Meer. Und ein Seil auch. Herr Andersen, der schon über hundert Jahre tot ist, soll auch nie ohne ein Seil gereist sein. Damit wollte er sich im Falle eines Hotelbrands aus dem Fenster herablassen.

Obwohl das heute nur die Generalprobe ist, geben wir unser Bestes. Regina singt und tanzt zum Weinen schön. Ich brülle und kreische meine Lieder und koche meine Hexensuppe dazu. Maximilian im Phantasiekostüm und mit Makeup ist ein Prinz mit Traumstimme (wenn auch ohne Traumfigur). Lennart mit seinem rauen, voluminösen Bass gibt einen prächtigen Meerkönig ab. Anna ist eine liebe Großmutter mit Brille und grauem Haarknoten und mütterlich weicher Stimme.

Und die fünf schönen Schwestern in ihren langen Perücken sind einfach süß. Sie singen immer einstimmig und passen wunderbar zusammen. Es ist rührend, wie sie sich am Ende mit ihren geschorenen Köpfen und den Perücken in den Händen mir nähern und um den Dolch flehen, mit dessen Hilfe ihre arme kleine Schwester sich retten soll. Natürlich kriegen sie ihn. Aber ich lache gellend dazu, weil ich mir schon denken kann, dass die dumme Kuh ihn nicht benützt.

Die schwierigste Stelle ist der Moment, in dem sich die kleine Seejungfrau von der Reling stürzen muss (ihr steht ja keine Sturmnacht mit Blitz und Donner zur Verfügung, in der man ein wenig mogeln kann). Damit sie sich nicht sämtliche Knochen bricht, liegt hinter dem Schiff die Hochsprungmatte unter der Meeresfolie. Außerdem wird das Publikum von der aufgehenden Sonne für eine Sekunde geblendet.

Regina springt auf die Matte und robbt ungesehen von der Bühne. Im selben Moment zieht Anna, die als Einzige von uns in der Hocke inlinern kann, einen Tüllschleier über die Wellen (das soll der Schaum sein, in den sich die kleine Seejungfrau verwandelt hat) und die Geige spielt mit Dämpfer unendlich fern und himmlisch hinter der Bühne hervor (wohin Marcel rechtzeitig laufen musste, was er gerade schaffen kann). Maximilian und Nadine liegen derweil träumend auf dem Schiff in ihrem Hochzeitsbett und haben von nichts eine Ahnung.

Ja, das ist schon sehr tragisch.

Unser Publikum rast, als der letzte Geigenton verklungen ist. Die Klassen klatschen und trampeln und können nicht genug von uns kriegen. Um das Inliner-Geheimnis nicht zu verraten, verbeugt sich das Meeresvolk nur hinten und kommt nicht nach vorn. Wir sind unheimlich stolz und tuscheln aufgeregt über sämtliche Pannen, die passiert sind. Zum Beispiel sind Anna die Inliner weggerutscht, als sie unsichtbar die untere Hälfte des bewusstlosen Prinzen befördern sollte. Woraufhin die arme Regina allein sein ganzes Gewicht abbekam und buchstäblich darunter zu Boden ging.

Endlich ziehen die Klassen mit ihren Lehrern ab. Nur eine Lehrerin bleibt sitzen – es kann auch eine Oberstufenschülerin sein. Ich habe sie noch nie gesehen.

Ulrich schwingt sich auf die Bühne und umarmt jeden von uns. Als ich dran bin, kriege ich weiche Knie. Ich muss doch ein Schlüsselerlebnis für ihn gewesen sein, oder nicht? Jedenfalls habe ich in der Geschichte die heimliche Hauptrolle gespielt, das ist sicher. Der wahre Titel des Musicals sollte meiner Meinung nach »Die Meerhexe« heißen. Ich habe es auch am Trampeln und am Schreien des Publikums gemerkt, als ich ganz allein reinschwimmen und mich verbeugen musste. Das hat ja gar nicht mehr aufgehört!

Ulrich lacht mich an und sagt: »Du warst fulminant, Madeleine.«

Ich strahle ihn an. Fulminant kenne ich aus einer Konzertbesprechung meiner Mutter, es muss was sehr Gutes sein. Außerdem hat Ulrich das Wort nur bei mir verwendet (wenn ich mich auf meine Ohren verlassen kann).

Er sagt: »Du solltest unbedingt Gesangsstunden nehmen.«

Ich nicke selig und bin drauf und dran, ihm zu erzählen, dass ich bereits Gesangsstunden kriege. Aber da werde ich schon wieder umarmt. Und zwar von hinten. Ich drehe den Kopf. Es ist die junge Lehrerin oder Oberstufenschülerin. Sie lacht über das ganze Gesicht. »Und grüne Augen hat sie auch noch«, sagt sie.

O ja, die hab ich. Und wie die jetzt vermutlich blitzen! Das ist der schönste Moment meines Lebens.

*

Sonderbarerweise geht die Person, nachdem sie mich losgelassen hat, auf Ulrich zu und hängt plötzlich an seinem Hals. Aber wie. Und dann *küsst* sie ihn auch noch! Ungefähr so, wie meine Mutter und mein Vater sich hinter der Säule geküsst haben.

Ich stehe wie vom Donner gerührt. Auf der ganzen Bühne herrscht atemloses Schweigen. Ich kann den Anblick nicht mehr ertragen und sehe mich um: Nadine steht der Mund offen, Reginas Augen schwimmen in Tränen, Stefanie fällt der Zylinder zu Boden.

Als Ulrich sich irgendwie von diesen klebrigen Lippen löst, fangen Tobias, Marcel, Andreas, Lennart und Maximilian ganz albern zu klatschen an. Nadine klappt den Mund zu, Regina blinzelt die Tränen weg, Stefanie hebt den Zylinder auf. Mindestens diese drei Mädchen sind, wie ich jetzt begreife, genauso in Ulrich verliebt wie ich.

Die Kissen ersticken mich. »Mach mir mal die Kordeln auf«, zische ich Anna zu. Bevor ich ihr den Rücken zukehre, sehe ich, wie sie schmerzvoll einatmet. Sie auch!

Anna fummelt hinter mir an den Knoten herum, ich zerre an meiner Polsterung und Ulrich grinst so selbstzufrieden, dass man ihn ins Gesicht treten könnte. Er legt einen Arm um das fremde Mädchen, beschwichtigt mit der anderen Hand den doofen Applaus der Jungs und winkt uns näher heran.

Zuerst guckt er noch in den Saal, ob da auch wirklich keiner mehr ist, dann sagt er: »Leute, jetzt seid ihr unfreiwillig Zeugen eines Geheimnisses geworden.«

Ich wollte eigentlich sein Geheimnis sein, *ich!* Und warum muss er sich auch noch so geschwollen ausdrücken? Die Lage ist klarer als klar!

Aber nein, Ulrich redet im selben Stil weiter. »Es ist ja eigentlich nicht besonders gut, wenn Schüler über das Privatleben eines Lehrers Bescheid wissen, sie nützen das zu gern aus. Aber ihr seid keine gewöhnlichen Schüler für mich. Wir haben wochenlang intensiv zusammengearbeitet und etwas sehr Schönes zustande gebracht. Deshalb hoffe ich, ihr könnt ein Geheimnis bewahren.«

Wir Mädchen nicken belämmert, die Jungs sehe ich grinsen.

»Das ist Katrin. Sie studiert Literatur. Sie hat die Texte für das Musical geschrieben. Und, wie findet ihr die Texte?«

Von »toll!« bis »genial!« kriegt Ulrich oder eigentlich ja Katrin sämtliche Lobeshymnen von uns (genial kommt von mir). Wir sind auf einmal wieder zum Leben erwacht und schauen Katrin mit neuen Augen an. Könnte es sein, dass ihre Zusammenarbeit mit Ulrich sich auf diese phantastischen Texte beschränkte? War der Kuss nur die Wahnsinnstat einer Durchgedrehten?

Aber Ulrich vernichtet jede aufkeimende Hoffnung. In seiner neuen, geschwollenen Art fährt er fort: »Der heutige Tag ist ein ganz besonderer. Katrin und ich nehmen ihn zum Anlass, uns zu verloben. Und ihr seid die Einzigen, die es wissen dürfen.« Er drückt Katrin fester an sich und schaut uns an, als müssten wir jetzt sofort in einen irren Jubel ausbrechen und ihn mit Glückwünschen überschütten.

Scheiße! Alles, was wir fertig bringen, ist ein höfliches, verkrampftes Lächeln. Nur die Jungs, die für nichts Antennen haben, applaudieren wieder.

Ulrich missversteht uns. Er lacht. »Warum hat's euch denn jetzt die Sprache verschlagen? So was Einmaliges ist eine Verlobung auch wieder nicht, ich meine, so was kommt alle Tage vor. Ihr müsst nicht so andächtig gucken. Ich bin noch genauso euer Musiklehrer wie vorher, klar? Und mit dem Musical legen wir jetzt erst richtig los, Leute. Wir besprechen noch eben die kleinen Patzer, damit sie morgen nicht mehr passieren, wenn wir für die Mittelstufe die Premiere geben. Morgen sieht auch der Direktor zu, denkt dran! Und Samstagabend ist ja dann der ganz große Auftritt für die Öffentlichkeit.«

Wir sind über den ersten Schock hinweg und verhalten uns wieder ganz normal. Niemand lässt sich was anmerken. Schließlich spielen wir hier Theater und haben unseren Spaß daran. Was für ein gigantischer Tag, was für glückliche Pannen! Marcel hat seine Geige nicht zertrümmert, als er verspätet hinter die Bühne hastete, Maximilian hat sich beim Sprung von der Reling nur einen kleinen Splitter eingezogen, mehr ist nicht passiert, Regina ist unter seinem Gewicht nicht zu Schaden gekommen.

Ein paar musikalische Schnitzer gab's auch, aber nicht von mir. Ich habe überhaupt alles richtig gemacht. Nur leider hatte *ich* statt Ulrich das Schlüsselerlebnis. – *Nicht jedes Schlüsselerlebnis ist ein gutes.*

Aus dem schönsten Moment meines Lebens bin ich in ein tiefes, dunkles Loch gefallen. Es ist auch kein Trost, nicht das einzige blöde Schaf zu sein, das Ulrich ein Dreivierteljahr lang heimlich und umsonst angehimmelt hat. Wenn ich das einzige wäre, könnte ich wenigstens vor Selbstmitleid triefen. Aber ich bin nur Dutzendware. Dafür werde ich morgen eine Meerhexe geben, die so schlimm ist, dass sogar Ulrich erzittert. Jawohl, jawohl, jawohl!

Vom Telefonterror und seiner überraschenden Aufklärung

Über der Aufregung wegen der Generalprobe und über Ulrichs beschissener Verlobung habe ich ganz den gestrigen Telefonterror vergessen.

Er fällt mir wieder ein, als ich schlecht gelaunt und erschöpft zu Hause ankomme. Das Telefon hat die halbe Nacht geläutet. Aber immer nur einmal – und wieder weg. So ungefähr alle zehn Minuten. Wenn mein Vater oder ich rechtzeitig rankamen, hat sich niemand gemeldet. Meine Mutter hat es gar nicht erst versucht. Es war zum Ausrasten. Mein Vater wollte die Störstelle oder die Polizei anrufen, meine Mutter einfach den Hörer aushängen. Sie haben sich vor dem Schlafengehen dann auf etwas anderes geeinigt.

»Wenn irgendein Idiot dieses Spiel die ganze Nacht treiben will«, hat mein Vater gesagt, »bitte, dann soll er das. Es ist sein Problem und seine Zeit. Viel Vergnügen wünsch ich ihm. Wir gehen jetzt ins Bett.« Er hat den Apparat ins Wohnzimmer gestellt und die Tür zugemacht.

Weil ich wegen der bevorstehenden Generalprobe etwas aufgedreht war, konnte ich nicht gleich einschlafen. Ich hörte es noch ein paar Mal von fern läuten. Tuuuut – weg. Alle zehn Minuten.

Am Morgen war dann Ruhe. Aber mein Vater regte sich noch immer darüber auf und meine Mutter guckte übermüdet und gestresst drein. Ich dachte ans Musical.

»Wenn es wieder losgeht«, sagte mein Vater, »dann rufst du doch die Polizei an, ja?«

Meine Mutter bewegte unschlüssig die Schultern. Sie sei wahrscheinlich gar nicht zu Hause. Sie habe eben Lust bekommen, zu Isabelle zu fahren, sagte sie. Ihr schwirre der Kopf vom vielen Üben und ein freier Tag würde ihr mal gut tun.

Dann sah sie mich an, als fiele es ihr in letzter Sekunde ein: »Viel Glück für die Generalprobe, Madeleine! Ich drück dir ganz fest die Daumen!«

»Danke«, sagte ich. »Schaden kann's ja nicht.«

Jetzt, wie ich aus der Schule komme, empfängt mich das Läuten des Misttelefons schon an der Haustür. Ich stürze hin – nichts mehr. Ich suche mir was zu essen und lasse mich dabei nicht stören. Es klingelt insgesamt dreimal, regelmäßig alle zehn Minuten. Als ich satt bin, stelle ich das Telefon neben mich, knirsche mit den Zähnen und wache mit der Hand über dem Hörer.

Tuu…

Ich packe den Hörer und reiße ihn ans Ohr. »Pass mal auf, du blöder Arsch!«, brülle ich. »Du kannst gerne so weitermachen. Ich nehme jedes Mal ab, dann kostet's dich eine Einheit. Ist das klar?«

Eine verstörte weibliche Stimme fragt mich, ob sie mit Alicia verbunden sei.

»Hä?«, sage ich. »Äh, nein, ich … ich bin Madeleine, die Tochter.«

Die Stimme lässt sich etwas Zeit. Sie wolle meine Mutter sprechen, bitte. Verwundert, gekränkt, unterkühlt.

»Meine Mutter ist nicht da«, sage ich steif. Ich überlege, ob die Stimme für den Terror verantwortlich sein könnte.

Aber das ist sie wohl nicht. Denn sie gehört Mutters Agentin, wie ich jetzt erfahre. Sie klingt auf einmal aufgeregt, konfus und sehr, sehr drängend. Meine Mutter solle bitte sofort zurückrufen, sobald sie nach Hause komme. Unbedingt, und ich dürfe es ja nicht vergessen! Da sei nämlich ein sehr merkwürdiger Brief von meiner Mutter eingegangen, der dringend einer Erklärung bedürfe. Ob ich es auch wirklich notiert habe?

»Ja«, sage ich folgsam und kritzle was auf den Block.

Die Stimme beendet das Gespräch nur zögernd. Als könne ich in der Angelegenheit vielleicht einen plötzlichen Geistesblitz haben, auf den es sich zu warten lohnt.

Kaum ist das Gespräch vorbei, da tutet es schon wieder. Einmal. Ich bin nicht schnell genug. Verdammt!

Ich nehme mir vor, über dem Hörer zu lauern. Aber dann denke ich, dass es wieder die Agentur sein könnte. Und die will ich kein zweites Mal mit einer Schimpftirade schockieren. Ich stelle den Apparat ins Wohnzimmer. Immer wenn es von fern läutet, kommt ein böses Lächeln auf meine Lippen. Dem Typ geschieht es recht, dass sich niemand hier ärgert!

*

Mein Vater bringt Steaks mit. Das hebt meine Laune vorübergehend. Ich helfe ihm beim Gemüseputzen und erzähle ihm, wie die Generalprobe war. Die Pannen schildere ich in allen Einzelheiten. Die Verlobung erwähne ich nur kurz. Aber gerade bei diesem Detail verweilt mein Vater. Er freut sich sehr für Ulrich Falkenhauser und findet, dass so ein engagierter Musiklehrer ein talentiertes Mädchen verdient hat.

»Die zwei passen ja perfekt zusammen«, sagt er. »Wetten, die machen noch mehr Musicals?«

Ich zucke mit den Schultern. Ich passe auch perfekt zu Ulrich, später mal, wenn ich eine berühmte Sängerin bin. Dann kann er für mich Lieder schreiben … und mich am Flügel begleiten …

Aber das wird wohl nichts.

Ich frage mich zum ersten Mal und mit blutendem Herzen (total kitschig, ich weiß), wie wohl die Träume der anderen Mädchen ausgesehen haben. Vielleicht ist sogar mein Traum nur ein Dutzendtraum. O Mist, Mist, Mist!

Ich bin so deprimiert, dass ich meinem Vater nur noch ruppige Antworten gebe. Woraufhin er wissen möchte, warum ich auf einmal so mürrisch bin. Was für eine Laus mir eigentlich über die Leber gekrochen sei. Da höre ich meine Mutter kommen und laufe erleichtert aus der Küche.

»Der Tisch ist schon gedeckt, das Essen ist gleich fertig!«, rufe ich ihr entgegen. Ich raffe mich zu Fröhlichkeit auf. Es hilft ja nichts.

»Fein«, sagt meine Mutter und schließt die Haustür.

»Schönen Tag gehabt?«, frage ich sie.

»Ja, sehr schön, Madeleine. Und du? Wie war die Generalprobe?« Meine Mutter begrüßt meinen Vater in der Küche, dann ist sie wieder bei mir.

Ich stöhne, weil ich nun alles von vorn erzählen darf. Und nicht einmal das Telefon stört uns dabei. Der Typ hat wahrscheinlich aufgegeben. Oder er muss mal schlafen.

Meine Mutter lacht über die Pannenschilderung. Sie zieht sich in ihrem Zimmer um und ich warte vor der angelehnten Tür auf sie. Die Verlobung will ich diesmal nicht erwähnen, aber sie rutscht mir dann doch raus.

Meine Mutter horcht auf. »Du klingst ein wenig komisch, Madeleine. Gefällt dir diese Katrin nicht?«

»Äh, doch, sicher.«

»Was ist es dann?«

»Was soll's denn sein?« Ich bewege missmutig ihre Tür mit der Fußspitze.

Meine Mutter ist fertig und kommt heraus. »So, wie du den Ulrich Falkenhauser geschildert hast«, sagt sie im Plauderton, »so ungefähr war mal ein Klavierlehrer von mir. Jung, engagiert und sogar hübsch. In der Stunde hatte ich immer Herzklopfen. Kennst du das?«

»Ja, schon«, murmle ich.

»Lehrer sollten besser alt und hässlich sein.« Meine Mutter lacht sanft nach diesem frommen Wunsch.

»Allerdings«, fauche ich. »Und blöd und faul!« Eine Menge Wut ist in mir. Ich laufe meiner Mutter in die Küche nach. »Du kannst dich auf die Meerhexe freuen. Das heute war erst der Anfang!«

»Gut«, sagt Mama ernsthaft. Wir wechseln einen Blick, und ich weiß plötzlich, dass jemand meinen Kummer versteht. Das ist fast ein Schock, ein guter aber.

Wir setzen uns an den Tisch und schon bringt mein Vater die Pfanne. »Was war erst der Anfang?«, erkundigt er sich.

»Die große, böse Meerhexe«, sage ich und fletsche die Zähne. Dann wende ich mich an meine Mutter. »Kommen Oma und Opa auch ganz bestimmt?«

»Wahrscheinlich nur Oma. Sie haben niemanden für den Laden.«

Jetzt fällt mir plötzlich die Agentur ein. »Ach, Mama, deine Agentin hat am Nachmittag angerufen. Sie war irgendwie völlig aufgelöst. Wegen eines Briefes. Du sollst sofort zurückrufen.«

Mein Vater hebt die Augenbrauen bis unter den Haaransatz. »Irgendwie völlig aufgelöst?«, spottet er über meine Ausdrucksweise.

Mama scheint sich überhaupt nicht zu wundern. Nach einem Blick auf die Uhr schüttelt sie den Kopf und ringt sich ein gequältes Lächeln ab. »Schon zu spät«, sagt sie. »Um diese Zeit erreiche ich sie nicht mehr. Außerdem habe ich ihr bereits alles geschrieben.«

»Was hast du ihr geschrieben?«, fragt Papa verwundert. »Bin ich heute irgendwie daneben oder habt ihr seltsame Geheimnisse?«

Mama zuckt mit den Schultern. »Seltsam ist das nicht, nur neu. Ich hab's noch nie zuvor gemacht. Ich hab eine Tournee abgesagt.«

Meinem Vater fällt das Steak von der Gabel. »Aber … aber du hast den Beethoven doch fertig … und noch dazu großartig, unvergleichlich!«

Mama schüttelt müde den Kopf. »Nicht der Beethoven. Die Frühjahrstournee.«

»Wie? Was?« Mein Vater starrt sie an.

Ich kapiere es im selben Moment. Die Frühjahrstournee mit Kenneth Smith. *Die Frühjahrstournee mit Kenneth Smith!*

»Schlussstrich, verstehst du?«, sagt meine Mutter mit spröden Lippen und schaut meinem Vater ins Gesicht.

»Verstehe«, murmelt Papa. Er ist ganz bleich.

Ich picke in meinem Teller herum und versuche, nicht die Luft anzuhalten. Weiteratmen, gleichmäßig, die Erde dreht sich wahrscheinlich noch.

Mein Vater räuspert sich nach einer Weile. »Weiß … Ken es schon?«

Mama nickt.

»Und wie … hat er reagiert?«

Ich beobachte meine Mutter verstohlen. Sie ist übrigens um nichts weniger bleich als mein Vater. Sie presst die Serviette an die Lippen. Dahinter sagt sie mühsam: »Du hast das Telefon doch läuten hören, oder? Hundert Mal bestimmt. Es war vermutlich der letzte Protest oder so was.«

Ich schaue sie mit großen Augen an, mit riesengroßen. *Ken* war das! *Er* ließ Tag und Nacht bei uns das Telefon läuten! O mein Gott, das ist ja der Hammer!

Ich blinzle und schaue dann hinunter auf mein Steak.

Hundert Mal hat Ken Mama rebellisch und verzweifelt angerufen und vielleicht geglaubt, er kann sie damit mürbe machen. Und sie hat es geschafft und ist nicht rangegangen! (Wenn Ulrich mich nur ein einziges Mal anrufen würde!)

Ehe ich vor Ehrfurcht erstarre, kommt mir allerdings der Gedanke, dass meine Mutter heute vielleicht doch schwach geworden wäre. Deswegen ist sie aus dem Haus geflohen! Sie hat sich mit Isabelle einen schönen Tag gemacht (dass der wirklich schön war, bezweifle ich), während Ken von New York aus, wo er um diese Zeit eigentlich hätte schlafen sollen, seinen Protest fortgesetzt hat.

Ich stelle mir vor, wie er im Augenblick über dem Telefon hängt, eingeschlafen vor Erschöpfung. Noch nie zuvor hat mir Ken Leid getan. Aber jetzt doch.

Wir schweigen alle. Das Steak erhält mehr Aufmerksamkeit, als einem Steak zusteht. Das Gemüse auch und die Kartoffeln.

Wir schauen uns nicht an. Als hätte jeder Angst, aus seinen Augen könnte plötzlich Feuer schlagen. Niemand versucht Konversation zu machen. Wir verdauen einen schweren Brocken. Und jeder für sich ganz allein.

Nach einer Weile bekomme ich das Gefühl, dass sich die Erde tatsächlich weiterdreht. Sie rotiert ja immer, wie man weiß, aber normalerweise kann man es nicht spüren. Wenn man es doch spürt, wird einem echt schwindlig. Zuerst vor Erleichterung – und danach von den irrsten Gedanken.

Also ... wenn ich Ken einen netten Brief schreiben würde, sozusagen um ihn zu trösten und um ihm zu zeigen, dass die Familie ihn nicht hasst und ihm nichts nachträgt ... wenn Ken mir antworten würde ... wenn sich daraus eine Brieffreundschaft entwickelt ... wenn ich ihm von meinen Gesangsstunden und von meinen Fortschritten erzähle ... wenn ich ihm eine Kassette schicke ... wenn er mich dann aber richtig hören will ... wenn wir uns sehen und er vorschlägt, dass wir zusammen singen könnten, Duette ... wenn er noch immer schlank ist und seinen süßen englischen Akzent hat ...

Ach, alles im Leben ist möglich! Alles ist möglich! Gut, dass ich mich noch nicht entscheiden muss, für keinen und für gar nichts.

Und besonders gut im Moment, dass meine Eltern nicht die Gabe des Gedankenlesens besitzen. Es wäre mir ausgesprochen peinlich.

Irma Krauß

Arabella oder
Die Bienenkönigin

Roman. Gebunden, 208 Seiten (79800)

Peter-Härtling-Preis für Kinder- und Jugendliteratur der Stadt Weinheim

Benni ist nicht gern aufs Land gezogen. In der Stadt sind alle seine Freunde und im Dorf hat die Sailer-Bande das Sagen. Als wäre das nicht genug, ist er auch noch unglücklich verliebt: in Arabella aus seiner Klasse, die leider nichts von ihm wissen will.
Dass Benni dem Landleben überhaupt etwas abgewinnen kann, liegt allein am alten Gregor und Oma Friedl. Durch die beiden lernt er die Bienenzucht kennen und bald bekommt er sogar sein eigenes Bienenvolk. Die Königin nennt er heimlich Arabella, und seltsam: Plötzlich interessiert sich auch die richtige Arabella für ihn.

»Es geht in diesem Kinderroman um erste Liebe, Begegnung mit der Natur, und es geht um die Beziehung zwischen den Generationen. Eine konfliktreiche, einsichtig erzählte Geschichte mit einem tröstlichen Schluss, dass es sich lohnt, füreinander da zu sein.«
Aus der Jury-Begründung zum Peter-Härtling-Preis der Stadt Weinheim

»Die Überraschung des Jahres ist die Autorin Irma Krauß [...] *Arabella* ist eine unsentimentale, fesselnde Kombination aus Fiktion und Sachbuch.« *Brigitte*

Beltz & Gelberg
Beltz Verlag, Postfach 10 01 54, 69441 Weinheim

Romane für Jugendliche

Charlotte Kerner

Blueprint

Roman. Mit einem Nachwort der Autorin
Gebunden, 192 Seiten (80837)
Deutscher Jugendliteraturpreis

Irgendwann in der nahen Zukunft, wenn das Klonen von Menschen möglich sein wird: Die hoch begabte Komponistin Iris Sellin ist unheilbar krank und kinderlos. Damit ihr Talent nicht mit ihr aus der Welt verschwindet, lässt sie sich klonen. Iris und ihre Tochter Siri sind damit eineiige Zwillinge und zugleich Mutter und Kind. Siri wächst in einer Beziehung auf, die es so zwischen zwei Menschen noch nie gegeben hat. Als Kopie, als Blueprint ihrer Mutter, lebt sie mit einem vorgegebenen Leben und dem Auftrag, Iris und ihr Talent unsterblich zu machen. – Was aber bedeutet ein solches Leben für das Original und die Kopie? Beide sind Menschen aus Fleisch und Blut, aber wo verläuft die Grenze zwischen ihren Persönlichkeiten? Wer ist hier Ich und wer Du, wer frei und wer Sklave des anderen?

»Fesselnd bis zur letzten Seite ist dieses Buch einer der aufregendsten Beiträge zur Diskussion um die Gen-Technologie und nebenbei das faszinierende Porträt einer Mutter-Tochter-Beziehung.« *Saarbrücker Zeitung*

»Charlotte Kerner liefert einen packenden Beitrag zur Debatte, was ‚Fortschritt' mit dem Menschen anrichten kann.« *Main-Echo*

Sigurd Pruetz

Cornelius oder
Weil man dann etwas anderes findet
Roman. Gebunden, 248 Seiten (79794)
Oldenburger Kinder- und Jugendbuchpreis

Er heißt Cornelius, ist zwölf und wird Conny genannt. Er wohnt in Berlin-Ost, aber fast schon in Kreuzberg, und er spielt Klavier. Ob daraus mal mehr wird, er vielleicht sogar Musiker werden kann, steht noch in den Sternen. Das Schicksal will es offensichtlich so. Denn auf einem heimlichen nächtlichen Streifzug durch's Viertel lernt er die schräge alte Henriette kennen, durch Henriette die Musikkneipe »Grüne Geige« und in der »Grünen Geige« den Bluesgitarristen Dave aus Texas – mit dem Conny Musik machen darf. Von da an steht für Conny fest: Das ist sein Leben. Und er wird es schaffen. Denn wer es in Berlin schafft, der schafft es überall.

»Die Geschichte einer beginnenden Musikerkarriere, randvoll mit skurrilen Begegnungen, Einfällen und Aktionen. Ein durch Sprachwitz und Phantasie gekennzeichneter Großstadtroman.«
Die Jury des Oldenburger Kinder- und Jugendbuchpreises

»Note für Note fügt sich dieser Roman zu einer kleinen Großstadtmelodie, zu einem realistischen Berliner Märchen, mal in dur und meist in moll, das nichts verspricht, was es nicht auch halten kann.«
Frankfurter Rundschau

»Ein tiefsinniger und zugleich witziger Bildungsroman, der die Ausdrucksweise und die Phantasie heutiger Jugendlicher ernst nimmt und dadurch ganz neue Einsichten in das weite Feld der Beziehung zwischen Leben und Kunst ermöglicht.« *Badische Zeitung*

Beltz & Gelberg
Beltz Verlag, Postfach 10 01 54, 69441 Weinheim

George Ella Lyon

Lawandas Leben

Aus dem Amerikanischen von Monika Osberghaus

Roman. Gebunden, 280 Seiten (80869)

Man hat Lawanda vor Garland gewarnt: Der Mann, der in zwei ausrangierten Bussen lebt, gilt als kauzig und unberechenbar. Lawanda sieht, was Menschen dazu bringt, sich vor ihm zu fürchten, doch sie selbst fühlt sich sicher. Sie hat nicht bedacht, wie schnell sich die Phantasie von Kleinstadtbewohnern erhitzt.

»Ein scharfsinniger und geistreicher Roman, der den Leser zuerst beim Kragen packt, ihn dann aber sanft entlässt. Ich kam heraus und wusste: Die Zukunft gehört Lawanda.« *Bobby Ann Mason*

»Würde man einen Spiegel über die Seiten halten – Lawandas und Garlands Stimmen und Atem würden ihn beschlagen. Wenn Sie solche Menschen im wirklichen Leben nicht kennen, muss Ihnen etwas fehlen.« *John Egerton*

»Authentisch, kraftvoll, mit einer Poesie, die so manchem Blues oder Rap alle Ehre machen würde. [...] Ein mitreißendes, im besten Sinn Generationen übergreifendes Stück Literatur, das unverstellt Leben spiegelt.« *Der Tagesspiegel*

Beltz & Gelberg

Beltz Verlag, Postfach 10 01 54, 69441 Weinheim